世界不敌我爱你

LOST IN LOVE

琉玄 著

SPM
南方出版传媒
广东人民出版社
·广州·

图书在版编目（CIP）数据

世界不敌我爱你 / 琉玄著. — 广州：广东人民出版社，
2020.8
ISBN 978-7-218-14406-1

Ⅰ. ①世… Ⅱ. ①琉… Ⅲ. ①短篇小说—小说集—中国—
当代 Ⅳ. ① I247.7

中国版本图书馆 CIP 数据核字 (2020) 第 133952 号

SHIJIE BUDI WOAINI
世界不敌我爱你

琉　玄　著　　　　　　　　　　

出 版 人：肖风华

策　　　划：时光机图书工作室
责任编辑：钱飞遥　刘　颖
责任技编：吴彦斌　周星奎
插　　画：孙十七
出版发行：广东人民出版社
地　　址：广州市新港西路 204 号 2 号楼（邮政编码：510300）
电　　话：（020）85716809（总编室）
传　　真：（020）85716872
网　　址：http://www.gdpph.com
印　　刷：佛山市迎高彩印有限公司
开　　本：890 毫米 ×1240 毫米　1/32
印　　张：6.75　　字　　数：200 千
插　　页：10
版　　次：2020 年 8 月第 1 版
版　　次：2020 年 8 月第 1 次
定　　价：48.00 元

为我遇见的人们写本书，

记下有病的他们，

和他们有病的爱情。

以及他们那场盛大的，

只为你，

与世为敌的幻觉。

目　录

前　言

全
世界

　　身边的朋友很喜欢对我说他们的事情，有时候是关于事业，大部分是关于感情，这让我感到很奇怪。因为事业方面，我混得不怎么样，十几年了，还是个不红的作家，半吊子的编剧，只会画简笔画的漫画家；至于感情方面，我是一个永远处于被动的人，被追求，被抛弃，更是没什么好招式能拿出来共享，所以也不知道他们图什么。或许是看我这么沉默寡言，一副高深莫测的样子，仿佛已经聪明到看破了红尘，能为他们指点迷津……

　　后来我终于想明白了，他们那么得意于自己的爱情，哪怕是受伤时都觉得自己在吃血浆熬的"魔法糖果"，越过这道伤痕就要飞去云端上布满鲜花的双人床，哪里需要谁去多事儿指指点点，对着我长篇大论，只因为这世上的人大多爱倾诉，却没有人倾听，而我是一个爱听多过于说的人。

我曾经想过变成一棵树，或是一只鸟，不参与这个世界的任何变化，只是去看，去听，去感受，但是树不会走动，鸟的寿命又太短，怕是等不到太多故事的结局，于是我又想死了以后，变成一种飘浮的灵力，一种永恒的光束，随着空气游走在地球上十亿户家庭之间，看他们做菜、吵架、拥抱，看一个小女孩儿从嗷嗷出生到坐在摇椅里慢慢忘却过去，她这一生或许波澜不惊，或许波澜壮阔。

我想见到每个人都有幸福的结局，可惜命运常是曲折离奇的，有时候你眼看着终点就在眼前，一路畅通无阻，却不料横向一阵大风过来把你扔进了悬崖。

我爱我的朋友们，我希望他们的爱情是甜蜜美满的，但也只能是希望，我不过是一个旁观者，是一束光、一只鸟、一棵树，我倾听他们，然后忍不住叹息出声，但他们统统听不见，他们陷入了爱情的深渊，而我说的话则变成了呜呜作响的风声，直到他们从绚烂有毒的幻境里爬出来，睁开了眼睛，抖掉了耳朵里的阻塞，恢复了对外界的感知后，才会听见我留在原地的回音——

"你有病吧。"

"我就是有病啊。"他们大多会苦笑着回答，"才会喜欢她 / 他。"

喜欢她，喜欢他，喜欢到病入膏肓，喜欢到站在茫茫人海里不见他人，只识你，在被爱情围追堵截的时候，你要月亮，不给星星，你要越过大海，以我肉身为船，你要飞过高山，拿我骨架做成翅膀。

你说大海爱你，我摇摇头，你说高山爱你，我笑而不语，在我头昏脑热的这一刻，全世界都不敌我爱你。

璐宝

1 璐宝，是我大姑姑，她今年五十多岁了，她这大半辈子，
酷到逆着风也能飞起来。

我有两个姑姑，她们是我爸的妹妹，我管大妹妹叫大姑姑，
小妹妹叫小姑姑。他们三兄妹的年龄间隔都是一岁，所以没
有什么隔阂，也并不互相谦让，从小打到大。在外人眼里看来，
他们似乎都看对方不太顺眼，聊天时候夹枪带棒的，互相攻击，
但一旦面对"外敌"，又会立即团结起来，一致对外。

我的小姑姑叫高宝，她从小个子就比同龄人高一截，所以得了这个昵称。她是爷爷奶奶最宠溺的小孩，因为她生得美，她的美在我们那座小城市里曾是个传说。

2 我自出生之日起，就和高宝在一个屋檐下生活了，那时候她还是个不到二十岁的小姑娘，是百货公司的售货员。她常常抱着我不撒手，因为喜欢，在当时以百货公司内部价也不算便宜的价钱，买了许多玩具带回家。

直到我长到"熊孩子"的年纪——在我们家乡有句老话，"七八岁，狗都嫌"——她就开始厌烦我了，而我也从来不拿她当长辈，经常和她打架。

她的那张脸，我从来就没觉得稀罕过，毕竟从小看到大，不就是眼睛鼻子嘴，和谁有区别？直到我有天放学的时候，迎面遇到英语老师，平时我和他不曾有过对话，我叫了一声"老师好"，他点了点头之后突然想起来什么似的叫住我，提到我小姑姑的名字，然后很惊讶地问"真的是你姑姑啊？"接着也不再说什么了，脸上挂着八卦的笑容走远，那个笑意和突然知道同事的亲戚是某个大明星是一个意思。

就这一天之后，我才认真审视了一下高宝的脸。确实很端正，虽然就是眼睛鼻子嘴，但每个"零件"都长得很好看，就连摆放的位置也很精打细算。

她有多好看呢，深眼窝宽双眼皮大眼睛高鼻子尖下巴天生嘴角上扬，分明就是欧洲人的五官，但是组合起来又是典型的东方美人相貌。我老说她是基因突变，和我们一家人谁也不像，但是她薄得透明又脆弱得很容易泛红疹的皮肤，和我们的几乎是复制而成，如果不是冲这个特征，她真该试试去上个寻亲的节目。

在平均身高都不怎么样、大部分人还面黄肌瘦的那个20世纪80年代，她就已经皮肤雪白，手长腿长呈模特身材了……毫不夸张地说，放现在这个时代，她随便拍两张照片，就能立刻成为"网红"。

在高宝颜值巅峰也还未嫁人时，整座城的人都认识她，每天都有好多小伙子在爷爷奶奶家门口排长队等她，被爷爷拿长扫帚轰开。她站柜台时，围观人群的队伍排出了百货大楼门外，后来电视台相中她，要培养她做主持人，当时就选了她和一个现在全国知名但已经隐退的某女主持人。

那时候讲究"铁饭碗"，奶奶觉得"抛头露面"的工作不正经就不让她干，还很快地把她嫁给了一个警察，杜绝那些"不正经"的追求者，再后来她就坐办公室当文员，不再那么容易被人瞧见了，从此这个"传奇'便逐渐淡出大众视野……

　　按理来说，她应该是个作天作地的妖孽才对，只有轰轰烈烈的人生故事才和她的美貌匹配得上，结果她虽然脾气骄纵，却是个意外安分的人，相夫教子，波澜不惊。

　　她的故事就是那张脸，除此之外没有故事。她也没有吃过什么苦，她在任何环境里都是个受宠的人，哪怕现在已经是个老太太了，也是个讨人喜欢的老太太，属于她的书大约就是两页纸，第一页写着"幸福的开始"，后一页写着"幸福的结局"。

　　经常有亲戚、朋友对我说："你把我的故事写出来啊。"

　　大部分都被我不留余地地拒绝了，"因为你太幸福了。"我说。

　　幸福人生无外乎事业有成，家庭美满，千篇一律，但是悲剧人生就不一样了，每个人都跌在不同的坑里，惨得花样百出，虽然这些人的大结局可能是苦尽甘来，但是那个过程却已经把灵魂折磨得残缺不堪。最后他们终于赢了，笑容也早已疲惫不堪，这些可怜的人儿啊就是文学艺术创作者们的灵感源泉。

　　就算是童话故事，也得战胜恶龙，谁会想活成书里人？反正我不想。

　　扯远了——

　　所以对于小姑姑，我没什么好写的，而我的大姑姑就不一样了，璐宝的故事要细细密密地写出来，就是一本未完结的大长篇，跌宕起伏，峰回路转，一惊一乍，直到现在，也猜不到结局。

3　　璐宝的脸比高宝大一圈，她的鼻子也大，下巴也大，脸是圆的，身材也是圆的，但仔细看其实不圆，可是当你回忆起她来的时候，对她的印象就是圆的，因为她脸上总是笑眯眯的，苹果肌饱满地堆起来，像个娃娃，她最好看的是眼睛，圆溜溜的，水汪汪，神采流动。

　　从眼神里都可以看出来，她天生不是个安分人。

　　在那个年代，父母都会想尽办法把子女送进工厂。在里面一睁眼一闭眼就是一辈子，每天重复做同样的事情，熟知每个同事的家长里短，结婚还管分宿舍，大家集资建房子，生了孩子就送厂里的幼儿园，退休了有养老金，你这一生的每一天都有人"管"，很有安全感。

　　当时"没有单位的人"就等于"流子"，我们家乡话里混混、社会青年、无业游民的意思，是很被人看不起的，哪怕你是个做生意的，没有单位就是不行，大家觉得你没人"管"，走错一步，就会在街头流浪。

璐宝不愿意去工厂工作，她想做生意，让强势的奶奶伤透了脑筋。她的大儿子很听话，放弃了做一个画家去当兵了，她的小女儿也很听话，长得那么美也不过去面试了一个百货公司售货员，而这个璐宝，几乎一无所长，却不愿意按她的安排去一个电风扇工厂。她选择提早退休，才能让女儿接替工龄的，那是多少人眼馋的岗位啊。后来这个位置被我奶奶给了我妈妈，所以我妈妈才成了我的妈妈。

不上班的璐宝就每天在街上游荡，她想找个做生意的师傅带她学习，但是当时的私人小商贩是非常罕见的，粮油店全是国家的，购物还得凭粮票。所以她也只是在游荡间结识了一些"不三不四"的人，这些人和她一样不想上班，想"干出一番自己的事业"，但是每个人也像她一样，一头雾水，所以只能游荡。

直到璐宝认识了两个男人和一个女人，他们是她人生大戏里最重量级的角色，改变、影响、牵拽着她，她对他们的感情是复杂的，曾经深爱，而后痛恨，以为会相守，结果又分离，她以为是忠贞的，却是会背叛的，她以为是永别的，却是回首的，人心易变，变幻莫测，她的命运与他们紊乱交织着。

4 凤霞，这个阿姨，我小时候经常见到她。她不是本地人，身材高大，浓眉大眼，说正宗普通话，嗓门很大，但是不恼人，是那种用"气沉丹田"可以形容的发音，好像电台广播。她坐姿端正，脖颈修长，双手总是摆在适当的位置。

她比璐宝大两岁，但一直像长辈一样"罩"着她，是朋友圈里的大姐大，为人坦荡，不拘小节，讲义气，一身的侠气，很像武侠片里劫富济贫的那种江湖人。她和璐宝成为朋友后，一晃眼就是十几年，说两人是生死之交也不夸张。

书生，他的名字很有趣，他姓许，真名就叫许书生，虽然是个普通工人，但是心里一直有文学梦，工资有三分之一用来买书，喜欢写诗，说话文绉绉的，常引经据典，三句话必带成语，在我记得住人事的时候，他已经是璐宝的丈夫了。

辰玉，是璐宝的初恋。他是个商人，北方人，一米八几的大块头，仪表堂堂，走路生风，寒冬时穿一袭风衣、高领毛衣和灯芯绒裤子，身姿挺拔，在人群中非常醒目，天然卷的头发浓密漆黑，眼珠子也黑得泛着润润的光。他很英俊，有些像高仓健，不是相貌，而是那种"拿腔拿调"的气场，有着老电影明星式的俊美。

5 璐宝和辰玉是一见钟情，在她和他最好的年华里。美中不足的是，辰玉是个做生意的，这不符合奶奶的喜好，但是这不是爷爷奶奶反对俩人在一起的重点，更叫当时人咋舌的是，辰玉已经结婚了，他是没资格与哪个姑娘再度坠入爱河的。

一九九几年的时候，离婚的都是"少数人群"，哪个小孩子在班上被同学知道他父母离婚了，要么会被欺负，要么会被同情，反正这个小孩子就不是一般的小孩子了，他背着书包走进社区，街坊邻居们都会投来关切的目光，好像他长大后也不会成为一个一般的大人，要么成为孤僻的怪胎，要么成为变态的罪犯。

离婚的人，在大家的旧意识里，是活该被人背地里"戳脊梁骨"的。一对夫妻离婚，要么是其中一个人出轨了，要么是谁的脾气太差劲，要么就是谁有隐疾，反正都不是光彩的事情，不然这日子怎么会过不下去呢？反正，离婚的人就等于不正常的人。

辰玉为了和璐宝在一起而决定离婚，璐宝是欣喜的，而爷爷奶奶是崩溃的。他们不能忍受自己的黄花大闺女跟一个离过婚的男人好，那他们和她一辈子都会抬不起头来，以后璐宝若受了委屈，外人也只会看笑话，爷爷奶奶想帮女儿出头，也会理不直气不壮。

爷爷奶奶决定把一切扼杀在萌芽状态，所以每当辰玉来家里找璐宝，又或是提着大包小包想来提亲，爷爷奶奶就领着他们的大儿子也就是我爸，一起拿着棍棒把他打出去。

直到辰玉的小腿被打骨折了，他的身影才暂且消失。而这段时间里，书生一直坐在爷爷奶奶家门外哭，他们拉他进门去，他也死活不进去，因为璐宝把卧室门反锁了不愿意见他，所以他就赌气坐在门外哭，不哭的时候，会朗诵他为她写的诗。

书生也长得很好看。我翻家里的相册，得知那个年代的人都长得很好看，他们脸上洋溢着当今电视广告里才有的爽朗笑容。每个年轻人都昂首挺胸，有的穿着从裁缝那儿量身定制的西装，有的穿着艳丽的运动装，如今我那个每天都穿绿色军装的爸爸，在当年的照片里烫着"说唱"歌手似的爆炸头，穿着黄色的紧身衬衫和高腰牛仔喇叭裤。他的两个妹妹好像台湾女明星一样，一左一右站在他身边，高宝手里还抱着吉他。他们神采奕奕，眼里蕴含着对未来的美丽憧憬，像是美国的《老友记》里那样时髦。

书生的个子没有辰玉那么高，但他是个瘦长的人，所以显得很高，他的双腿折叠着坐在楼梯上，可惜他穿的工人制服是一身蓝色，不然他真的很像火烈鸟。

　　来往的邻居都认识书生，和爷爷奶奶一样，他们在心里已经认可了他是璐宝的未来丈夫，因为这个小伙子"家世清白"又一往情深——他甚至不介意璐宝和有妇之夫谈恋爱——简直是璐宝三世修来的福分，所有人都想替璐宝做主，就地为这对郎才女貌的青年举行婚礼。

　　"书生，你进来吧，吃饭了。"奶奶冲坐在门槛上的书生招招手，同时正往餐桌上放碗筷。这时候高宝还没从百货大楼下班，爷爷回来了，奶奶冲紧闭着房门的卧室生气地吼道，"璐宝，滚出来吃饭。"

　　"她不愿意见我，那我宁可饿死。"书生坐在原地不动，悲壮地说，"我今生是非她不娶，她一天不答应，我以死明志。"

　　奶奶为他的话发出大笑，她谈不上多喜欢书生，但他是目前看来最合适的女婿，"那要不得，你就是死了，她难道会心疼你咯？你现在又不是她什么人，赶紧起来吃饭，早晚你俩要结婚的。"

　　爷爷去敲璐宝的房门，这间屋子平时是璐宝、高宝俩姐妹一起睡，敲了老半天都不开，奶奶感到奇怪，书生也急了，从地上弹起来。这门只有一条铁皮挂锁，爷爷奋力撞一下，里边的锁就掉了，推门一看，屋里没人，而窗户开着。

6 每天过了正午，家家户户的人都去工作上班了，璐宝一个人留在家里，把卧室的门反锁，屋里静悄悄的，她把窗户打开，心潮雀跃地凝视着远方的河流。她的房间位于二楼，一棵比五层楼还要高的梧桐树倚着窗外的墙面。

不一会儿，辰玉就来了，他熟练地爬上树，来到璐宝的窗外，两个背着父母见面的年轻人相视一笑。世人的偏见与阻拦，却使得他们的爱情更纯粹更轻盈，使得他们能轻巧地相拥，轻巧地沿着树枝飞起来。

这座小城现在有四座大桥，四通八达，但它曾经被一条江流一分为二，人们分别居住在河东和河西，两头没有值得交换的物资，所以平时并不互相往来。璐宝和辰玉都住在河东，但是他们偷偷约会时会去河西，这样就大大减少了被熟人碰到的概率。

没有桥的时候，人们是划船去另一边的，璐宝和辰玉不需要船夫，他们租一条船自己划过去，划得很慢很慢。比起上岸也不知道去哪儿，他们选择花更多时间在江面上飘着，反正他们也只是需要一个能说话的地方，他们有说不完的话，没有什么主题和意义，都是漫无边际的废话，但是不妨碍他们面对面傻笑，又更爱对方一些。

他们会在家家户户开始做晚饭前道别，俩人都不会感到难过，他们没有想过太远的事情，只想着明天又可以见面。

不过这一切，戛然而止，没有明天了。

璐宝最后一次从窗户回到家里时，见到爷爷奶奶还有哥哥妹妹都在等她，唯一的一张椅子上瘫坐着面如死灰的书生。

7

为免节外生枝，爷爷奶奶做出决定，璐宝必须马上和书生结婚，璐宝在家里摔锅摔碗，和父母对抗了三天，而书生也不太甘愿，因为他是个文化人，"我又不是地主恶霸，我又不是要强抢民女。"他说，"我是真的想和她一生一世一双人，我不想强迫她。"

然而那还是父辈做主的年代，新人的酒席准备依旧在照常进行。

在婚礼即将举行的前一天，璐宝留下了一封遗书后不见了，全家人都发了疯，又不敢通知书生一家，就发动了几个街坊一起沿着江边找。

那时候的楼房不高，自杀的人都选择投江，爷爷和爸爸借了打鱼人的网，做好了捞尸的打算。奶奶抱着高宝一起坐在岸边号啕大哭，璐宝消失大半天了，她们心里都觉得完了，人都不知道漂到哪儿去了。

等到太阳落山，璐宝出现了。

她回家后听说家里人都上江边打捞她去了，于是她慢吞吞游荡过来，看着哭到枯萎的奶奶笑嘻嘻地问："哭什么呢？"

隔天，婚礼正常举行，璐宝终于嫁给了书生。

辰玉听了这消息，就离开了这座城市，没人知道他去哪儿了。

8

写完了遗书的那一天，璐宝是真心求死的。她沿着江边踱步，风很大，没什么人。她想着，现在往江里走，走很远，人生就结束了，但是不往里走，她会失去什么呢？失去了辰玉。

他比她的命还要重要吗？她认真地思考这个问题。

她又回首看一眼家的方向，接下来的人生，反正也是要嫁人的，不能嫁给辰玉，嫁给书生也没什么，反正他那么爱她，横竖是不吃亏的，于是她突然想开了，去理发店理了个新发型，便一身轻松地回去了。

婚后的璐宝非常幸福，不管她究竟有没有真的爱上书生，在外人看来，这对夫妻是恩爱的，因为两个人总是笑逐颜开，打情骂俏。他对她宠得不行，璐宝不愿意上班，就可以不去，他的工资就这么多，他少花一些，老婆就可以多花一些。

书生会给璐宝买最新潮的裙子和泳装，他给自己买过最贵的东西是相机和胶卷，不是为了拍自己，每个礼拜，他带她去公园、江边以及新华书店，偶尔出了小城去周边城市，在所有最"洋气"的地方给她拍照，在每一张照片后面都写两行小诗，用精致的大相册小心地一格一格排好版收藏起来。

心安理得地享受着呵护、心无杂念又闲来无事的璐宝想，既然已经成家，那接下来该立业了，她决定和凤霞一起做生意。

9　璐宝很喜欢凤霞，因为她和辰玉都是说普通话的北方人，那豪迈气势很有些相似。她有时看着凤霞高谈阔论，就像又见到了辰玉，所以并不需要相处太久，她就无条件地信任她了，而凤霞也对得起她的信任，拿她当亲妹妹般照顾，两人一起打拼时，凤霞总舍不得璐宝吃苦，替她做了许多体力活。

她们最开始是在学校门口和天桥上摆地摊，卖一些文具和小杂货、小玩具，后来赚了些钱就开始在夜市上卖衣服，直到租了个小门面，正式经营起了服装店。虽然店的面积甚至容不下四个人站着，但收益不错，和一般的店从省会进货不一样，她们的货源来自沿海城市，店门口挂的牌子是"外贸进口服装"，在同行里颇有竞争力，没多久就把左右两边的铺子也租了下来。

大家都没想到璐宝的经商之路会这么顺利，她自己也觉得一切都太快了，好像坐着火箭往天上蹿，身边所有人都喜气洋洋的，没有任何人再对她的未来怀有忧虑，唯有奶奶劝她见好就收，多把钱存起来，毕竟她"没有单位"，是个散人，要为以后养老做打算。

其实在90年代初选择"下海"的人，大部分都赚了许多钱，不需要太多经商天赋，只要勤奋肯干，就连我那个笨拙迟钝的妈妈也惊叹原来这钱来得比上班容易。

因为当时多数人还是舍不得离开国企岗位，做生意有风险才被戏称"下海"，大家每个月辛苦地拿着固定工资，很怕血本无归。于是卖东西的少，买东西的多，供不应求。

我妈在遭遇"下岗潮"时，曾离开了工厂两个月，她去小学门口卖自己拌的秘制凉菜，挣得不少，这时候也有朋友约她不如"买断工龄"拿笔钱，一起去做买卖。她正犹豫呢，工厂又通知她回去上班，就这么错失了，如今她回忆起来还有些后悔当初的选择。

璐宝没有止步于服装业，她乘胜追击，转让了店铺后和凤霞一起花掉了全部积蓄盘了个大门面，开始进军餐饮业，那真是她人生中最风光的一段。

这时候我正在上小学，璐宝和书生的儿子也就是我的表弟，比我小一岁，我们都住在奶奶家里，每逢周末就会跑去璐宝和凤霞的店里玩儿，因为生意太好了，所以爷爷奶奶经常过去帮忙。这是一家主打卖啤酒鸭的店，面积有篮球场那么大，座无虚席，座椅常常摆到门外的人行道上，服务员们端着一锅锅滚烫沸腾的啤酒鸭在席间穿梭，嗅到醉人肉香的路人们即便要排队等候也想来尝一尝。

逢年过节，我们一大家子人都在这里吃饭，高宝的婚礼也是在这间店里举行的。

这个店为璐宝挣了一大笔钱，而书生的工作也是一帆风顺，在厂里升任了小领导，他们在长沙买了房子，又在海南岛买了一栋小别墅，雇了一对老夫妻住在里面当管家。一切都太顺了，钱多到花不完，璐宝把爷爷奶奶的家整个装修一新，添了最好的新家电，还是有多余的钱，她就扔进了股市——一九九几年的股市，是中国人还不认识的新东西，没几个人敢碰——她把钱扔了进去，就好像扔进了聚宝盆，哗啦啦往外喷钱，翻了好几倍，挣钱这件事情，对她来说，太顺太轻松了。

唯一的烦恼就是，周围跟风开起来的啤酒鸭火锅店越来越多了，虽然店里依旧人声鼎沸，却不再见到过去那般店门外也大排长龙的盛况。璐宝和凤霞于是琢磨着该有些新变化了，她们注意到整日被烟熏火燎的墙面已经成了焦土色。

这家店实在太破旧了，开业时什么样，现在就是什么样，没有任何设计和翻新，坑坑洼洼的水泥地面，布满划痕和灼痕的木头桌椅，收银台的表面被一层油腻包裹，入口的卷闸门被风一吹就好像脆饼干似的发出要断裂的响声。

10 为了装修，啤酒鸭火锅店大约停业了有两个月，这期间为了留住员工，薪水照发，但还是有几个厨子被挖了墙角，好在不是老师傅，影响不大。

再开业的时候，窗明几净，焕然一新，看起来不再如过去般像是屹立街头三百年的老店，所有呛人的酒肉气味和油腻痕迹都被抹了干净。

大家都对这次翻新感到很满意，毕竟花了大价钱，可是生意却一落千丈，两个老板娘百思不得其解。口味还是老配方，虽然周边的店分走了许多客人，但怎么常客也不见影子了？

可能是客人们见到新门面以为换了老板？我这个小孩在心里偷偷猜着各种原因，急于帮大人们分析问题，因为随着日子一天天过去，大姑姑越来越着急，奶奶更是比她还要焦虑，每个人的脸色都不太好，家里愁云惨雾。

又或许在当时那个餐饮店还未遍地开花的环境下，对于每天吃老三样的人们来说，啤酒鸭只是一时新奇的潮流，紧接着各种花样翻新的主打招牌菜都雨后春笋般涌了出来，口味鸭算什么，口味蛇和狗肉锅都遍布了大街小巷。

随着周边的店纷纷或转型或关门，璐宝和凤霞的店也到了濒临闭店的边缘，她们于是去银行里把所有现金都取出来用于周转，璐宝觉得这一切还是能熬过去的，等到所有店都倒下了，她们还站着自然就赢了。

那是 1997 年，璐宝在柜台取出二十万现金，扭头给了凤霞，然后凤霞抱着钱冲出银行，她跑了，此后再也没有人见过她、听过她。

11 直到 2015 年，璐宝才听说，有传言凤霞在广东一带出现过，似乎在那边买了房子，我听到这儿，立即激动地说，"再去报警试试！就算过去这么久了，但那可是九几年的二十万呐。"

头上俨然生出几根白发的璐宝无所谓地一笑，她的笑容还是和年轻时一样，有种什么都看得很轻的潇洒感觉。她回忆往事道：“她本来不是那样的人，她要想害我，要想贪财，她有好多次机会，那一天，她是没有计划的，人哦，再亲的人，也莫用钱去考验，我还记得，我把那箱子给她时——”她指着自己的双眼说，“她的眼睛都直了。”她好像又看见了那张脸，放声大笑起来。

啤酒鸭店转让了，为了还上所有的债务，璐宝卖掉了股票和海南岛的小别墅。

她见过了大钱往手里进来又出去的样子，所以也不慌张，她坚信自己天生就是个商人，于是开始四处打临工，想着攒一笔钱后东山再起，可是这笔钱却怎么也攒不起来，她于是想到要卖唯一的住所：长沙的房子。

书生当然不同意，本来他就是个脚踏实地的人，虽然从来不反对璐宝做生意但也没有表示过支持，这对相处和睦的夫妻为此第一次闹了许久别扭，不过都是璐宝在发火，书生又是哄又是让，或是躲，从不与她正面唇枪舌剑，这使得璐宝更是窝火。

不过两个人的感情在外人看来也并没有出现裂缝，坐在沙发上时依旧还是你侬我侬得让我和表弟肉麻，所以璐宝的离家出走，是毫无征兆的，叫所有人惊慌失措。

12 在我和表弟都正上初中的时候，璐宝突然从她和书生的家里消失了，她什么也没带走，大人们一时间都慌了，但为了不让表弟害怕，他们瞒着我们几个小孩。

大约过了几天后，奶奶终于知道了璐宝的去处，她于是每天在家里生气，时不时与高宝好像交换密码般聊着我和表弟听不懂的话。她有时会先叹气，继而怒火中烧，对表弟说："你妈不要你了。"

等到璐宝笑嘻嘻出现时，我们正在吃饭，我惊喜地指着门口大叫："大姑姑！"

表弟很激动地回过身去看了一眼，又立刻赌气地转过脸来不去搭理他的妈妈。

"你还晓得回来！"奶奶摔了筷子。

她脱了鞋，跳进沙发里道，"那当然要回来咯，要办离婚的嘞。"

璐宝和辰玉又重新在一起了。

13 辰玉离开璐宝后，回到了北方。他又结了两次婚，一共离了三次婚，全国都跑遍了，做的都是大买卖，接的都是大工程，赚得盆满钵满，被五湖四海的兄弟尊称"辰老板"。冥冥之中他也不知道是否被往事牵引，以单身的状态回到了长沙，决心就在此度过后半生了。

也不知道是水土不服，还是相思成疾，辰玉定居后没多久，得了重病，住进了重症监护室，他于是委托朋友们寻人，只想见璐宝最后一面。

璐宝接到电话时正在家里看电视，她蹦起来就出了门，连钥匙也没拿，她并没有什么计划，却就这么一去不复返。

那些天，璐宝待在辰玉身边。这一别十六年，俩人抱在一起互诉衷肠，倒也没有泪流满面，都已经是中年人了，什么风浪没经历过，如今失而复得，笑都来不及，辰玉便这么一天天大笑，把病也笑好了。

书生那些时日倒是以泪洗面，不同意离婚，直到辰玉拿了十万现金给他才答应，至于这房子，自然也归他了，璐宝净身出户。

而我的表弟很长一段时间都埋怨他妈，横眉怒目地学大人腔调去骂她，那时候我也才十几岁，对大人之间的情爱破事并不太懂，却也忍不住替璐宝说句话，"她到底是你妈妈！"

这小崽子便把怨火撒我身上，一巴掌打过来，这一巴掌，至今我都没还回去，错过当时那个时机，之后总不好在他正常说话时，我突然一个巴掌打在他脸上，结果时至今日，他也没惹过我，不给我提供复仇的机会，以后我非得在许多文章里一提再提这一巴掌不可。

自己的儿子都这么恨她了，璐宝竟不当回事，她这一生都我行我素，不听妈的指示，也不顾儿子的情绪，但她也还是照样对他们好，嘻嘻哈哈的，心里没存下一点不悦，很有得之我幸，失之我命的豪气。

14 绕了一个大圈子，璐宝还是嫁给了自己最想嫁的人。

辰玉花了许多时间和钱来讨好奶奶和表弟，还有我们一大家子人。一段时间后，所有人终于都当他是我们的家庭成员之一了。春节时，他已经能大大方方地搂着璐宝坐在爷爷奶奶家里的沙发上，年轻时候的那些纠葛，早已成了云烟，现在聊起来，众人满心善意地哄笑。

此时的辰玉是有钱的，他有一间做建材的大工厂，里面停着一列属于他的私家车，既然璐宝一心想杀回餐饮业，他于是盘下一栋楼来给她做酒楼。

我们当时对有钱人的概念比较粗浅，就是有钱，却不知道有钱人的钱合计起来，大部分是贷款，他们的车和楼，可能都是银行里的抵押品，真要一计算，资产为负，那些看得见的都不是他的。

很快，辰玉因为经营不善，他的工厂和车都被拿去拍卖抵债了，于是他便把全身心放到与璐宝合营的酒楼上。

他不关心还不打紧，这一关心，酒楼立即开始亏本。

"他那个人，大方惯了，狐朋狗友那么多，过来吃饭，胡吃海塞，全部记账不给现金。"璐宝告诉我，"我劝他，也不是说非得全款买单，我们给他们打个折，八折，甚至五折，四折也可以的嘛，你总得保本是不是？他不，面子重要，说他不缺那几个饭钱。"

这么折腾了不到一年，酒楼也没了。

辰玉赋闲在家后，最开始他觉得自己很快会东山再起，毕竟四海兄弟多，当初都是被他关照过的，哪想到，还真的都是狐朋狗友，这一塌，靠山吃山的人全散了。

璐宝又开始四处打临工，她还未放弃，手里一有闲钱就想着翻身，"大不了从摆地摊再创业嘛！"她想着，于是去了许多创业班听课，积蓄全往里扔，从"上游"批货回来，听讲师说可以卖给"下游"赚钱，一麻袋一麻袋的杂物，有几千只验钞笔，上万支牙刷，还有根本不知道怎么用的保健器具，全部好像防洪袋似的堆在家里的角落，一件也没卖出去，因为她根本没有找到谁来成为她的"下游"。

与此同时，辰玉欠的债也靠她还，那钱太多了，她根本还不上，她叫辰玉出去躲着，自己把门结实地反锁，上了五道锁，催债的一群大老爷们在外面擂门，轰轰响，最后上了斧子，把门砸开。

一群凶神恶煞的糙汉子一字排开站在璐宝面前，而她挺直了后背，盘腿坐在沙发上，脸上的笑容轻飘飘的，"要钱没有，要命一条。"她比划着自己的脖子道，"砍这儿，照这儿砍。"

15 "我不明白，和辰玉在一起这么苦，你为什么不离婚？"我和璐宝沿着江边漫步，她像个孩子般挽着我的胳膊，我不止一次问过她，"你当时也才三十多岁，身强力壮的，只要你离开他，生活可以马上重新开始。"

2017 年，五十多岁的璐宝依旧四处做临工，曾经在网吧里当过网管，也考了证做过会计，早已经不再有人来催债了，她和辰玉还是住在长沙，但经常跑回老家来看望父母。

以前爷爷奶奶家在河东，自从跨江的大桥立起来后，就在河西这边买了上下两层楼，住在这边再没动弹过，一家人饭后会沿江边散步消食，就是当年听过璐宝和辰玉所有情话的那条江。

以前那个淘气好动还容易动怒的表舅，现在工作了，话少了许多，变得稳重又无趣，事业有成，有房有车，和父母感情都很好，过年过节时两头轮换着频繁走动。书生娶了新老婆，表弟和后妈相处得也不错，但是不及和辰玉相处时来得轻松。

没有任何变化的就是璐宝，她最近迷上了一个"电子货币"投资，把积蓄都投了进去等着翻番，她还要趁着耳清目明时再尝一次发财的滋味。

　　"我也不晓得为什么，就是脑子里压根没想过要离开他……你别看我年纪大咯，还是蛮受欢迎的嘞。"璐宝冲我调皮地一挤眼睛，"就前些天，还有个男的问我要不要跟他咧，那可是个有钱人。"

　　"书生也一直想和你复婚啊，他现在是厂长了，和老婆感情也不是很好，听说那个阿姨刁钻得很，我觉得你们还有戏呢。"我说，"你和辰玉伯伯在一起到底捞着什么好了？没多久他就靠你养着了，他每天就瘫在家里睡觉，都胖成什么样儿了，我真是看不下去。"

　　璐宝没有回答我，她远眺江面，脸上还是那副云淡风轻的笑容，"其实我和书生结婚以后，是爱过他的，尤其是生了明明以后，我感觉我是嫁对了人的。"表弟的小名叫明明，取自"东方明珠"。璐宝笑眯眯地说，"直到有一次我们全家一起坐巴士，我怀里抱着明明，和车上几个人吵架，我当时又气又委屈，我怀里还抱着明明咧，书生在哪里？他坐在最后一排，像只老鼠一样缩在那里，假装不认识我，就那个瞬间，我不爱他了。"

　　说璐宝爱财吧，她似乎挺爱财的，但她却从来没为钱屈尊过，反倒有些视金钱如粪土的样子。辰玉刚破产那一阵子，用奶奶的话说是"穷到揭不开锅"，很长一段时间里，这对落难夫妻的生活费都是靠奶奶救济的。就这么个情况下，璐璐宝在大雪天里见到两只快冻死的小奶猫，立刻捡回家去养了起来，用奶奶的话说，"自己都养不活咯还养猫。"她就是这么一个人，似乎从来没有衡量过得失，计较过成本，她太浪漫了。

我记得那个夜晚，是暑假期间我去长沙玩，借住在璐宝家里。窗外电闪雷鸣，狂风暴雨，我和表弟趴在桌边上，等着璐宝从厨房抱出来她的大作：一大盘子酸辣豆腐皮，和一大盆子酸辣豆腐丝。

这是在璐宝尝过了常德的一款知名品牌豆腐干制品后，以自己猜出来的配方做出来的秘制私房小吃，她突发奇想道："做这个还不容易？我也会，看我也注册个牌子，卖到全国各地去。"

我觉得很好吃，我和表弟把两大盘子都吃完了，但是不知道为什么她没有靠这个去创业，而是去批了一堆乱糟糟的货物回来在家里囤积着。

玄关处，有人在抖擞大衣，是辰玉回来了。他浑身被淋得透湿，但满面春光地冲过来，把藏在大衣里的左手掏出来，"啪"的一声往桌上扔下两沓子钱，那么厚的两扎百元大钞，我"哇"地叫出声，应该是两万块。我第一次见到这么多现金，那时候的雪糕还只要五毛钱一个。

"怎么样？都说了不用担心！我挣得到钱。"辰玉又把钱拿起来，再一次狠狠扔在桌上，对璐宝骄傲地说，"我往家里拿钱了！都说了你不用担心。"

这一次之后，他再也没往家里拿回过钱，虽然很积极地外出社交，却再也没有谈拢过一次项目，渐渐地，就不再动弹了。那之后，我每一次去他们家里玩，都看见越来越老的辰玉躺在沙发椅上，双眼瞪着天花板，浑身轻轻颤动。

但是这个风雨交加的夜里，挂了满脸雨珠的辰玉笑得像个少年，璐宝一眼也没有去看那个钱，而是一直安静地凝视他，用手掌拍打他衣服上的雨水，眼里波光粼粼的，笑得脸上泛起红晕来。

我抿嘴看着这两个幼稚的大人不敢出声，很想笑又生怕惊动了他们，耳边全是水流冲在玻璃上的"哗哗"声，我化成了一条温柔的江河。

雪
童

1 雪童出生的时候肤色并不是很白，当时的她像个紫红色的茄子，或许为了回应妈妈对她寄予的希望，被取名为雪童的她，在成长的过程中，一天比一天白一点儿，在经历过青春期之后，肤色终于白得近似透明，达到了亚洲人力所能及的雪白巅峰，可惜她妈妈没见到这个成具。

在雪童大约六岁的时候，她的妈妈就抛家弃女与外遇对象私奔了，所以雪童是在单亲家庭长大的孩子，直到她上小学六年级的第一天，爸爸再娶了一个妻子。但是这一天对她来说意义不在于此，这一天，她爱上了一个遥远的人。

"你是说你小学六年级就爱上了他？"我第一次听雪童提起这段过往时，惊讶地打断她道，"我那时候好像还在玩泥巴，你就懂什么是爱情了。"

"没有。"她一手托着下巴，目光炯炯而神色坦荡地说，"我是长大以后才知道，我对他的感情是爱情。"

那一天，她在放学路上时经过图书馆，随手借阅了一本定价二十一元的绘本，里面讲的是一个孤独的小孩不被家人喜爱，于是在各个星球之间流浪的故事。她看了许多遍，甚至舍不得入睡，躲在被窝里借着手电筒的光一寸一寸抚摸着铜版纸，想要去真实地触摸那个单薄的小孩儿。

绘画者的笔名叫深茶，雪童并不知道对方是男是女，也不在意，毕竟当时她只有十二岁，她觉得深茶和她一样，是个没有性别的"外星人"。

把这本《成为星星的小朋友》还给图书馆的当天，雪童就去市内最大的书城里买了一本一样的，也细致地找了一圈，没有发现这位绘者的其他作品。

于是她反复叮嘱书店老板帮她留意并进货，每当深茶出版新书时，她都会第一时间拿到手，《逃跑月球》《海的心事》《温柔藏在森林里》……

十六岁之前，雪童已经收藏了四本深茶的书，她是个喜欢看书的小孩，但是反复看了一百遍的书只有这四本，深茶已经成为了陪伴她长大的隐形小伙伴。

"爱上他的那瞬间，就在总算见着他照片的那天。"她现在二十四岁了，虽然一张娃娃脸似乎还未长开，但雪童身形修长，言行稳重，散发的气质比实际年龄看起来要大几岁。即使她正在发表迷醉的恋爱宣言，听起来也像在朗读法律条款，"怎么会有这么一个人，刚巧有着迷人的灵魂，又有一张正中我心的脸呢？这几乎是个奇迹。"

她说完之后，似乎因为回忆起了深茶的脸，而捂住嘴发出了一声轻轻的、甜蜜的叹息，这一刻她又变回了一个十几岁的小孩子。

2 我认识深茶，他是个漫画家，我们是一个圈子里的，网上断断续续保持着联系，见过三次，都是在漫展上。那还是在 2007 和 2009 年时，在场的"二次元"从业人员很多，穿得花花绿绿的，唯独他一身漆黑的装束，所以我对他印象比较深。

他和我是同一年生人，凑巧也是天蝎座，而雪童则比我俩晚出生了将近十年，是个狮子座。

　　深茶是个闷人，他的头发颜色比身上的黑色长衫还要更黑，刘海显然很长时间没有打理过，随意地拨开来形成中分的发型，而发尾则盖住了脖子。换一个人这副模样就是邋遢了，可他轮廓分明，面色白得发青，黑眼圈包着眼珠子，从来不穿有色彩的衣服，活脱脱一个不见天日的吸血鬼样子，于是他的不修边幅，看起来像是故意维持的造型。

　　不说话的时候，深茶看起来阴郁得似乎马上就要跳楼，但很奇妙的，他并没有散发沉沉死气，就像他穿着脏兮兮的黑色帆布鞋却让人感觉这个男生干干净净，他身上有很纯真的孩子气，像是潮湿的深渊中静静生长着的一束花。

　　在漫展活动结束后，众人聚集在大厅里等待着大巴来接我们去吃饭，一直没与人主动攀谈过的深茶突然走到我身边来说话，因为当时我正在玩"任天堂"DS 掌机。

　　"你在玩什么？"他好奇地探过头来，立即认出屏幕上显示的画面，声线兴奋地说，"《火焰纹章》，你打到哪儿了？"

　　"我在斗技场练级。"我回道，抬头看见他冲我笑，原来他也是会笑的，只不过笑起来的时候，眼神像在梦游般涣散，但那是自然而然的挺真诚的笑容，不是"社会人"脸上的假笑。

　　我们聊了一会儿游戏，大部分时间是他在手舞足蹈地说，原来他话还挺多的，只不过语气很轻，语速又非常之快，虽然住在北京，但他的南方口音很重，许多词汇匆匆叠在一起，偶尔会让人听不太明白他在说什么。

"你想看看我的变形金刚吗？"他一这么问，手已经从背包里掏出来了一个"擎天柱"和一个"威震天"，难以置信他千里迢迢来参加活动，背着这么大的背包只为了随身携带两个手臂高的玩具。

"这也太酷了。"我双手小心地抱着，沉甸甸的，"质感真好，我以前有塑料的，这是金属的？"

他笑得更灿烂了，双手用力折叠着"擎天柱"，献宝般说："我变给你看。"

为什么他会受到女生的欢迎，见过深茶的人都会恍然大悟，而我也能理解雪童凭着几本书和网上的照片就认定这一生非他不可。因为深茶不是一个传统意义的男人，他身高一米七八的结实皮囊之下，是一个小朋友的灵魂，他对女人没有兴趣，他喜欢动画片、游戏和玩具，他不需要爱情。

都说男人对喜欢的女人有征服的冲动，但其实女人面对喜欢的男人也是会被激发征服欲的，尤其当这个男人对男女之情还未开窍时，他更像是一片辽阔柔软的土地，不愿意做被宠爱的公主而是想要开疆扩土的女性更可以依自己的喜好去种下玫瑰，修筑城堡，成为他的女王。

雪童是想成为女王的女生。

3 "他看起来是那么脆弱。"雪童说，"我好想保护他。"
"你比他小十岁呢……"我反应了一会儿才回道。

她似乎没明白我在说什么，答非所问地点点头说："所以我在拼命地长大，变强，尽快拥有可以保护他的力量。"

"你开心最重要。"我于是也点点头。

2011 年，雪童通过网络第一次见到深茶的容貌。那是一张侧颜照片，过长的刘海遮了半张脸，但是还能见到挺直的鼻尖和漂亮的下颌线，她对他一见钟情，但也可以说是日久生情。

"说实话，我想和他结婚。"她一本正经地说，"不能结婚的话，能陪在他身边也行，再退一步，远远地看着也可以，退一万步，我可以远远地看着他，但是让他知道我的存在，然后，如果有一天，他需要我，可以找到我，而我可以给他帮助……爱，或是钱。"

虽然她很早就通过绘本对他产生了情感，但却也是因为见到了相貌，才将这可以在友情和亲情之间挪移的爱意敲定为爱情。

"粉丝"爱上了偶像是很奇妙又奇怪的事情，他在她的生命线上从未消失过，可是他却对她一无所知。

那时候的网络社交还未被微博彻底统治，个人博客零星存在于虚拟海洋，深茶每周大约会写两三篇网络日记，内容有三分之一是关于吃的喝的，主要是晒玩具。雪童通过这些日常照片去寻找的全是他的身体发肤：腕关节上凸起的青筋，修长的手指，剪得短平的指甲盖……

"你真是够变态的。"我憋不住笑起来。

"这还不够呢。"她继续说——

当时关注深茶的"粉丝"大约三千多人，每篇日记的留言大约是三五十条，但凡是深茶回复过的人，雪童就会顺着网线过去把那个人的底细也摸得清清楚楚。

他有多少朋友，和谁交情较深，和谁只是客套关系，她都了如指掌，甚至他的父母叫什么名字，她也通过日记里的蛛丝马迹给猜了出来。她最在意的是他与女性友人的来往，其中有一个和他挂着友情链接的插画家与他来往甚密，每次见到他们的互动，雪童的内心就一阵焦灼，没多久，这个插画家就开始频繁出现在深茶的生活照里，他们果不其然开始交往了。

"我失恋了，当我确定了她是他的女朋友，心里'哗啦'一下像被扯了个口子的感觉，但是又有一些痛快，像是揭开了一个谜底，比我一直猜来猜去要舒服多了。"雪童的手摸了摸胸口，好像那里曾经存在一道疤，如今还在隐隐作痛似的，"难过归难过，我知道自己无能为力，那时候我才十五岁，还是个小朋友，我拿什么去和人家争……光是想想要去争，就很可笑，他连我是谁都不知道，尽管我每天都给他留言，尽管他偶尔回复一下我，但他对我是谁，完全不关心。"她无意识地将桌面上的手机解锁，向我展示了一下屏保画面，是深茶的一幅画，"可是他每一次回复我，都被我截图存起来了，我的手机屏保也是他的画，偶尔他会发自拍，我就打印出来，放在钱包里，夹在书里。"她按下锁屏键，手机屏幕立即漆黑一片，"十五岁，要谈论爱情，连我自己都想笑。"

但是她很快就迫使自己冷静下来，对于自己比同龄人要成熟许多这个特质，雪童一直引以为豪，她常说自己有着中老年人的灵魂。

为了走到深茶的身边去，她急着长大，但是她也可以等，只要深茶还没有结婚，甚至结了婚也还可以离婚，等到他再度成为单身，已经发育成熟的她也依然还在年轻的范畴里，不是年幼，而是年轻，她的年轻会成为她的攻城锤。

　　大约两年后，深茶和女朋友分手了，也没有再更新博客，所有文艺圈的人都涌去了微博，深茶也注册了一个账号，但只在有新作开始连载需要宣传时会转发一些官方媒体的信息，没有再发布过关于私生活的内容。

　　雪童还是坚持每天通过私信发一两句话，不忙的时候写个几百字，随便聊聊对一些电影和书籍的观后感，忙的时候就用一两句话说说最近她都在干什么，偶尔深茶也会回一两句没什么意义的话："嗯。""哈哈是吗？""好啊。"

　　满十八岁的那天，雪童精心化了妆，穿上了新裙子，在宿舍里要求舍友帮忙在生日蛋糕前拍照，拍了有二十多张。她精挑细选了一张看起来最不像摆拍的自然姿态，发给了深茶，这是她第一次发照片，以一个大人、一个女人的身份，等待回复的五个小时又四十三分钟零八秒里，她紧张得口干舌燥，至于蛋糕，一口也吃不下。

　　深茶回了两句话：第一句是"生日快乐"，第二句是"你真好看"。

　　整个宿舍的人都看不懂为什么雪童抱着手机哭了，她没有对任何人说过自己爱着一个遥不可及的人，也舍不得拿出来说，深茶是她埋在心底会发光的秘密。

　　"我太爱他了。"雪童双眼茫然地凝视着我，似在看着一个模糊不清的影像。现在的她在人群中非常出挑，被不少男生追求，但是她却没有多看他们一眼，他们不知道她的每一分美，都是为了一个素未谋面的人而雕琢，"每当我感觉很辛苦，快要撑不下去的时候，想起他，就好像吃了药，又可以再撑一阵子。"

我说："你快见到他了。"

"呼……"我这句话像是喂她吃下了一粒缓解压力的药，雪童长出一口气后，劫后余生般地点点头，"嗯。"

4 为了距离深茶近一些，雪童来北京上大学，并且选择的是影视后期专业，她想尽可能地进入与我们有交集的圈子。不过她从小就爱好文学艺术，即便不受我们影响，最终也会进入创作相关领域。

她在大一的时候读到我的一本小说，因为喜欢我的文风，继而买齐了我所有的作品，也关注了我的微博，但是从来没有留过评论。提到这一点时，她不好意思地笑一笑说："我真的被深茶掏干了，一丝余力也没办法留给其他人。"

大四的雪童在一家影视公司实习时，一眼就认出了跟着一群人过来开项目会议的我，当时她的目光在我身上滚过一遍又一遍，使得我没办法不去注意到。她坐在办公桌边，一边捂嘴对我笑个不停，一边附在同事耳边窃窃私语，鉴于我是个近视眼，不太确定她是不是在对我笑，但也回以一个困惑而礼貌的微笑。她立即冲我招手，于是我才得以对她绽放了笑容，还真是个认识我的人，不用感到尴尬了。

散会之后，她跑来向我坦白，她是我的读者，我说"那交换一下微信吧"，她惊讶而惊喜地问："可以吗？"——因为现在的写作者多数走向了台前，被文化公司以包装明星的方式向外界推广——所以很多人都产生了和雪童一样的误会，就是作家等于偶像，和普通大众是区分开来的，只能仰望而不能交往，也因此她对深茶的崇拜之情里含有敬畏之情，无意识地将自己的位置摆在了下风。

"可以啊，因为我们现在是工作伙伴的关系。"我笑着伸出手，"以后还会因为工作经常见面。"

那之后我们果然因为项目合作的关系经常见面，聊得多了以后，她终于忍不住问我："你认识深茶吗？"

在得知我有深茶的联系方式以后，她才趁着午休时间，在会议室里把她和他之间的单方面爱情故事说给我听。

"啊……所以我可以帮什么忙吗？"我犹豫地捏着手机，里面有深茶的电话号码，对我来说这就是一串毫无意义的数字，可是对会议桌对面的这个女生来说，这就是一串打开保险箱的密码，但是我不能在未经过深茶同意的情况下把号码给出去，所以陷入了为难的境地。

好在雪童也是个懂事的女生，她连忙摆摆手，"即使他接听了我的电话，我也不知道能说什么，太鲁莽了。"她有些不好意思地说，"我还是希望第一次听到他的声音时，我能站在他眼前。"

终于让她等来机会，深茶和另外两个作者一起受邀在新华书店进行联合签售——地点在青岛——雪童必然要去，她说错过这一次，或许就不会再有下一次了，"他不红。"好像是谈及自己家孩子的学习成绩，她羞涩地苦笑道，"有时候我真怕他放弃绘画，那我就找不到他了。"

在签售会的见面之后，雪童失控了，一切疾速发展，脱离了所有人的假设。

5 关于深茶的桃色八卦，我听过一些，他正经交往过三个女朋友，据说因为他不愿意结婚，都分手了。这些私事没什么好关注的，曾经网络上出现过两三篇"扒"他睡粉丝的"料"，才是在我们圈子里激起水花的石子，不过因为他不红，那些"扒皮贴"没有传播开来，而我所在的插画师群里，大家说笑了几句后，也再也没有人提了。

深茶曾经和两个女粉丝的关系暧昧不清，雪童也知道，"我没有期待过我爱上的是一个好人，但是，就算他是一个'渣男'，我还是会为他辩解、为他找借口，在我心里，他就是个小孩子——何况，他不是'渣男'，你说对吗？"她说罢，望向我，眼神里还是希望我对她的判断进行肯定。

我从来不认为深茶是个坏人，抛开男女之事不提，他那个人总的来说是可以划分在好人范围里的，而且成年人这些事本来就是你情我愿，轮不上外人去进行道德审判。

"他只是一个被动的人。"我说。

深茶不会自己前进，通过他的绘本可以得知，他从小就因为内向而交不到朋友，即便他是一个美男子，长大以后也因为孤僻的性格与世隔绝，沉迷于虚拟世界中构建自己的理想国。他可以三天不眠不休地玩一款角色扮演游戏，只为在里面成为一个举世瞩目的英雄，曾经有编辑为了盯着他按时交出画稿而睡在他家里的沙发上，他是被人推一下、动一下的人。

至今为止，他谈恋爱的模式，全是由女生发起的追求攻势，而他觉得"好像可以"便接受，谈恋爱这件事对他没有什么吸引力，结婚生子更不在他的人生计划中。

这世上有被动的人，就有主动的人，这样缺了口的拼图才得以遇见与自己契合的另一片。雪童是一个主动的人，她觉得深茶就是自己缺的那一片，他不走过来，她就走过去。

所以她终于在签售会上见到他了，她比所有读者都更早抵达现场，却没有第一个走上前去。她坐在角落里，看着深茶在主持人的介绍下登场，耳边是围观人群稀稀拉拉的掌声，她凝听着自己的心跳声，有力而平稳，她双手紧紧捏在一起，远远地凝望着他，走路时拖沓的脚步，微微弓着的后背，自我介绍时垂着头，说话时含糊不清的口音，和她想象中一模一样，还有他突然因为主持人的一句话被逗乐时，唇红齿白的羞涩一笑，是雪化开后破土而出的花。

他只是从自己心里走出来和大众打一个招呼而已，对她来说，他从来不是一个陌生人，他是每一日都住在自己心尖尖上的人。

　　直到其他人买的书都被签上了名字——也就几十本而已——等大家都散得差不多了，雪童才走上前去。站在签售台后面帮忙打理琐事的书店工作人员兴奋地告诉深茶，"这个小姑娘买了一百本。"

　　深茶于是抬起头，在见到雪童时，埋在刘海下的双眼亮晶晶的，他迟疑了不到半秒，便说："是你。"

　　结果慌乱的反而是深茶，他笨手笨脚地签着一本本在桌前堆成小山的旧作，因为想给每一本的扉页都画一张画以表达感谢，可是又怕耽误了大家的时间，所以手因为飞速勾着线而抖得厉害。

　　雪童含笑垂首看着他，自己日思夜想的一个人就在眼前，清晰得可以看见手背上的汗毛和漆黑发丛里的一根银发，见到他的袖口起了毛边，她已经想到自己有个滚筒除毛器，等会儿回家了给他处理一下——哦，他不属于自己——真是的，竟然给忘了。她苦笑。

　　签绘进行了约有三十多本之后，雪童不想再叫深茶劳累，于是说剩下的不用签了，一百本全部委托书店打包寄回北京去。

　　"你也在北京？"深茶站起来，活动筋骨，他身后的工作人员开始收摊。

　　"是啊，我不是告诉过你吗？"雪童笑一笑，她的身高也有一米七二，并不需要仰望他。

"啊？是吗？"深茶讪笑，"我不记得了。"

雪童倒是不介意，她知道自己在他心里是什么样的存在——死忠读者——她写过那么多的信给他，相信他应该是看过的，只是看完便忘，也确实没必要去记得一个在生活中不会有交集的人住在哪里，是什么星座。

工作人员过来说："老师，你去后台休息一会儿，等会儿我们派车接大家一起去吃晚饭。"

"你们去吧，我不太舒服，想早些回酒店。"深茶随意地编了个借口，不合群的他每次和一大桌子素不相识的人吃饭都有些食不知味，不如自己去路边摊吃点炒面。

"啊，那真是不巧……老师回去好好休息吧。"对方也不强求，客气地问，"需要帮你叫车吗？"

深茶把双肩包背起来道："不了，我想随便走走再叫车，看看风景。"

没有人挽留，于是深茶便自行离开了。雪童小心地保持着距离，用眼神询问，她可以跟着他吗？深茶友善地冲她一笑："聊聊吗？"

她立即紧走两步，跟了上去。

青岛街头的风和北京不一样，是润的，带着一丝甜腥气味，

叫人忍不住对着风说话，絮絮叨叨地将自己一生的故事娓娓
道来。

　　有关于雪童自己的事情，十二年来，她都通过自言自语
的方式说给了深茶听，所以现在也不过是再复述一遍而已，
但她也需要尽量克制着语气，不让自己显得太煽情，她从如
何第一次见到他的书开始说，直到说完对每一本书的观后感，
又谈及自己的童年。

　　"我和爸爸的感情很淡，他是个天生冷漠的人，说是行
尸走肉也不过分，所以妈妈才会离开我们，我也很害怕自己
会不会遗传了他的冷血？自从我懂事以来，我好像从来没有
过兴奋或是难过，放肆的大笑，或是哭得稀里哗啦，这些大
起大落的情绪……究竟是什么感觉？我不知道。"雪童说话
的时候一直看着深茶的侧颜，好几次想探出手去帮他将一下
被风吹乱的刘海，"我差不多已经死心，相信自己和别的小
朋友的构造不太一样了，直到看了你的书，我心里才有了一
些波动，才觉得，哦，我其实也会感到开心和伤心，我也是
个普通人。"
　　深茶时不时发出"嗯。""这样？""那也是。"这样
不具有意义的附和声，和他在网上回复雪童的留言时没有什
么区别，时不时地，他也会掏出手机来，对着有趣的街景飞

快地按下一张，脚下的步伐却没有停歇，看起来无论是对这座城市还是雪童都没有什么特别的兴趣。

"都是我在说……"雪童终于感到些许尴尬，"真的不好意思。"

"我天生就话少。"深茶忙不迭转过脸来直视着她，诚恳地说，"你别误会，我很喜欢听你说话的……"他还是怕她误解，脸上微微泛红地补充道，"我，就是这么一个叫人讨厌的性格，没有什么朋友。"

"我的性格也很惹人讨厌，我也没什么朋友。"雪童笑一笑，"但是我不觉得你讨人厌，你很好，而且你也许会觉得我夸大其词，但你的存在很有意义，对我来说很重要。"

"谢谢。"深茶停下脚步，郑重地道谢，他在网络上已经对她说过无数次"谢谢"，除了道谢，"你一直给了我很多支持，可我没有什么可以给你的。"他愧疚地说，他总是感到对她有所亏欠。

我不喜欢你对我说谢谢——雪童没有说出口，她已经不拿他当外人了，然而她也知道事实是，她对于他来说就是个外人。

日光将要谢幕时，深茶站在路边拦出租车，没有要邀请雪童共进晚餐的意思，他对她说："我先送你上车吧？你是明天回北京吗？"

雪童摇一摇头说："还是我送你吧，我没有订酒店，明天还要上班，等会儿就去坐高铁。"

深茶更因为感激而加深了羞惭，他双眼盯着地面说："啊……那真是，辛苦你了，谢谢你为了见我一面特地跑到这里来。"

"十二年了，我才见到你一面。"雪童距离站在路口的他三米开外，声线里是掩藏不了的依依不舍，"深茶，你不抱我一下吗？"

深茶一愣，站在原地犹豫不决地看着她，于是雪童往前迈上一步，向他张开邀请的双臂，他才走过去拥抱了她。

等深茶坐车离去之后，雪童左顾右盼了一阵，最后还是没忍住蹲下来，也不介意周围人来人往，捂着脸哭了。

当天晚上，雪童不知道自己是出于什么心态，没有再像往常的每一天一样给深茶发消息说"晚安"，但是临睡前，她收到了他第一次主动发过来的私信："今天谢谢你来，我好开心，晚安。"

"嗯嗯，晚安，你辛苦了，早些休息。"她回复。

他回复了一串 186 开头的数字，附言"这是我的微信。"

很显然也是他的电话号码。

　　雪童抱着手机呆滞了三秒后，从床上滚到地板上，然后在屋里踱步，掐着秒针直到半小时后，才申请加他为好友。

　　对面发来一个表情符号，她于是也回了一个，然后深茶就没有反应了，第一次的微信交流到此为止。这一整晚，雪童都在来来回回反反复复地翻看他的"朋友圈"，失眠到早晨五点钟时，她终于顾不上矜持，从头到尾给他的每一条"朋友圈"点了赞，想了想自己这个行为有些变态，怕吓到他，又挑了一大半的赞给取消掉，最后黑着眼圈却神采奕奕地去上班。

　　在一次会议结束后，雪童送了我一盒去云南出差时买的鲜花饼，然后踌躇地提出请求："你介意约一下深茶，我们三个人一起看个电影，吃个饭吗？"

　　因为深茶在"朋友圈"里见到我和雪童是朋友，于是他和她之间聊起来时也更少了些防备，我们三个人组了小群，用来讨论电影和一些热门话题。

　　雪童感觉自己是时候与他从读者、网友这样虚无的关系走到现实朋友这一层了，但是单独约深茶出来见面，她没有信心，很怕自己这一举动把精心讨好的刺猬又吓回到洞里去。

　　因为最近正好有一部很棒的电影上映，我便在群里邀请深茶和雪童一起去看，隔天三个人就见面了，吃过午饭以后，我依雪童的意思找了借口先行道别。

雪童和深茶喝了下午茶，又接连看了两部电影，然后在吃晚饭时喝了一些酒，雪童就着酒劲耍赖，闹着要看一看深茶这么多年来是在什么样的房间里画出了那些有银河有大海的画，于是就跟他回了家。

那是位于朝阳区的一室一厅，不到四十平方米的面积里，堆满了画材，被染得七彩斑驳的鞋袜和已经被用得秃了毛的笔在地板上扔得四处都是，空气里全是丙烯颜料的气味，在这一片废墟之中，倾斜立着许多幅创作中和已完成的油画，雪童只觉得自己坐在一艘摇晃的船上，头顶是星空，远方是岸上的烟火。

她情难自禁地亲吻了深茶，最初他似乎因为惊吓而没有反应，当她再一次贴上他的嘴唇时，他终于抱紧了她。

"客厅里的那张沙发上堆满了杂物，我们把它们都拨到地上，就在上面做了，那是我的第一次。我以前幻想过许多次，当然对方一定是深茶，但是第一次的情形会是什么样子呢？俗气一点的话应该是酒店，再怎么样也该是窗明几净的房间里吧，怎么也想不到会是这个样子……"雪童对我红着脸笑，用食指和拇指比划着，"那沙发上有这么一块污迹，形状很像一个雪人，我总是盯着它分神，忍不住要去分析它究竟是颜料还是油迹，这就是我的第一次。"

我回以不知道该接什么话的笑容。

她一愣后，伸过手来在会议桌下方大方地拍了拍我的腿大笑起来，"不是啦，我不是在抱怨！"她拍了拍胸口，"因为他是深茶，所以我很满足，我很幸福，真的。"

不等我回应什么，午休时间结束，其他人陆陆续续回到了会议室，中断了我们的对话。

7 那之后，雪童顺理成章地和深茶交往起来，她问过他："现在我是你的女朋友吗？"

"是啊。"他笑起来，肯定地回答。

"你爱我吗？"她追问。

他皱起眉头，只是闭上眼亲吻她。

三个月后，雪童终于说服深茶搬到她的住所同居，一来方便她照顾他，二来可以让经常陷入经济困境的他省下一笔房租。

"他醒着的时候不是画画就是打游戏，没有什么生活常识，衣服洗得烂糟糟的，以前自己住的时候，都是叫外卖吃，挑最便宜的那种面条和盖饭，能有什么营养？现在我可以替他收拾房间，下了班回家给他做饭，有荤有菜的。"在结束了项目合作之后，雪童想要再和我见面 便只能约在咖啡馆里了。她喝一口"玛奇朵"，甜得嘴角勾起了月牙，心满意足地长舒一口气后说，"现在他已经完全离不开我了，夜里睡觉都要抱着我，一旦我动一动，他就会把我搂回去。"

"这一切都太快了……"我捏着手里的咖啡杯，佩服地说，"也就不到半年吧？你就实现了小时候的梦想了。"

"但是我准备了十二年。"雪童摇了摇头，显出一副并不轻松的样子，又陷入了过往的回忆，叹口气，"当年我真的好幼稚，捧着一本书，许了一个愿望．想要和画这本书的人在一起，我真的好敢。"她吃笑起来，"或许天真时最无知无畏，是最适合定下目标的年龄。"

"啊……"我发出见到了圆满大结局般满足的叹息声，"你幸福就最好了。"

她却忽然陷入沉默，手指轻轻刮擦着杯壁，以说秘密般的音调轻轻说："他从来没有说过爱我。"

"啊？"我于是又发出开车在山间急遇大转弯的惊叹。

"你知道深茶的，他不会说谎，又很固执，不爱就是不爱，他可以在打字时对我说'爱你'，可是看着我时，却说不出口。"雪童托着下巴，歪着头凝视杯中的倒影，"或许他认为说谎会伤害我……但是他不知道他在用更残忍的方式伤害我。"

"你为他做得太多了，你的人生几乎都快被他占满……

他却一句爱你也不愿意说。"毕竟是对方自行做的选择，我总不能劝分，于是委婉地说，"你没必要委屈自己。"

"可是人生要怎么活，没有公式吧？也许我就是命中注定要为他活呢？也许我的人生就是被这样子安排了呢？"她突然有些激动。

我不再言语，而是点了点头，人生得意须尽欢。

"我的能量来源是他，痛苦源泉也是他。"雪童为自己的所作所为做出总结，"他不爱我没关系，我可以爱他，如果我不能爱他了，我会死。"

没多久，雪童他们就离开了北京，回到了深茶在广东的老家，办了酒席，领了结婚证，在双方父母的资助下，在郊区的依山位置买了一栋坐落于小树林中的两层小别墅，院子里种了许多花草，养了一条狗一只猫。深茶继续靠画画赚钱，依旧没有红起来，雪童开了一家网店卖本地特产，生意还不错。

她经常在微信里发猫狗的照片给我看，说深茶不想要小孩子，所以以前才不愿意和女朋友们结婚，这俩"毛孩子"现在就是他们的"闺女"和"儿子"，她说什么爱不爱的，都是嘴上花招，反正也就只有这么傻的她会陪着这么奇怪的他直到八十岁，他也没什么机会去爱另一个人了。

　　末了，她却也还是不无期待地说："不过到临终那天，几十年都一起过来了，他或许会意识到什么是爱，会对我说一声'我爱你'吧。"

虹糖

1 虹糖，北京人，富二代，美国留学归来，营养科研机构实习中，月薪一万二。她最近坠入爱河了，对方是生活在广东湛江的一个"混混"，网名"卫大人"，无业，收入来自于帮人收高利贷，身高一米六八。还好虹糖也只有一米五九，男方无论什么身高都能和她形成身高差——这个在我看来要什么没什么的卫大人，是虹糖的初恋。

"是初恋就难怪了。"我冷眼看着虹糖说，"但凡谈过一两次恋爱的人，也不太可能看上他。"

"太武断了吧，你又没有见过他！"虹糖抗议道。

"您说得对。"我点头，故作诚恳地问，"但是在你的这一番描述中，我似乎没有找到优点？请提示。"

虹糖立即说："他人很好的。"

"人好，难道不是身为正常人类应该具备的一个基本素养吗？"我嫌弃地往后躺倒，"善良诚实如果可以折现，我现在应该住在加利福尼亚的三千平方米大豪宅里。"

她道："莫欺少年穷！"

"他的问题不止是穷吧？"我皱眉，"其实无业游民也不是问题，他人好，可以去敬老院当护工嘛，可是他干了什么？帮高利贷催债？这个画面怎么想都不觉得有多温馨，催债又不是喝下午茶。"

"你不懂，他陷于这样的境地正是因为贫穷，不是每个人都能幸运地出生在有钱负担得起好教育的家庭，身边没有人引导，就很容易走歪路。"虹糖边说边自顾自地点头，"我会拯救他的，还来得及。"

我盘起腿来，陷在沙发里打量虹糖的房子，一室一厅的结构，光线通透，装修风格非常清爽，被她打理得很是文艺。我问她："那这里要退租吗？"见她一愣，我继续道，"你不是要飞过去找他？"

"先见一面。"虹糖继续边收拾行李边说，"我工作不能丢啊，万一他和我想象中不一样呢？"

"你竟然还留有一丝理智。"我笑，"你父母知道你要去见他吗？"

虹糖以心虚的背影冲着我，慢吞吞地说："我都二十几岁的人了……"

"你知道有个词专门用来形容你这个行为吗？"我一字一顿地说，"四个字，你听好了，千里送——算了。"我适时地刹住话语，"太难听，我不说了，你自个儿体会。"

虹糖翻个白眼，似要昏过去地冲我宣告："我跟他是真爱！"

"你对他是真爱。"我说，"至于他对你……可能还没爱到为了见你一面，跑一趟北京的程度。"

"那不是因为他没钱吗？"虹糖把行李箱重重地合上，"谁也阻止不了我。"

"不至于穷到一张火车票也买不起吧？"我举起双手，"没人阻止你，腿在你身上，不过如果我是你妈，现在肯定会打断你的腿。"

"我以为你会支持我。"虹糖做出对我失望的样子道，"没想到你也是会信奉'门当户对'那一套的人。"

"现在这个时代，也不分什么平民贵族了，就算有贵族，大家也互相见不着，人家在游艇上喝香槟，你在地铁里玩手机，现代的'门当户对'其实就是指共同话题。"我冲她挥挥手说，"我不支持你，但我祝福你，世上的坏人不少，我希望你遇见了一个好人，有没有共同话题，都无所谓，你先注意安全吧。"

2 送虹糖上飞机前，我一直在提醒她记得和我保持联络，每天都要报平安。我也不想表现得这么多疑，但是换了谁也不可能信任那个遥远的卫大人，她爱得太突然，太草率了，虽然爱情大多是不讲道理的，但在我们这些外人看来，她爱上他的过程堪比中邪。

虹糖没有谈过恋爱，也没有玩过网游，但她觉得那都不是什么难事，她有种天然的傲慢感，口头禅主要是"在我们北京"，其次是"我在美国的时候"。她并非刻意为之，却惹得身边人不太高兴，似乎她在炫耀自己的家乡和过去的经历，她其实不是炫耀，是真心为之自豪。炫耀和自豪，还是有不同的，前者是故意垫脚站在高处鄙视处下方的人，后者是站在高处望着远方深情呐喊："快看啊我这儿风景真美！"她不是个"贱人"，但也少有人知道她是个粗神经的好人，所以虹糖几乎没有朋友——

她不在乎自己有没有朋友，因为她很聪明，从小到大所经历的每一场考试，对她来说都是轻而易举。"别人在打游戏的时候，我在读书，别人在谈恋爱的时候，我在读研，只不过是顺序不一样，现在我有空了，我乜想玩玩游戏，看看大家为什么那么喜欢玩儿。"她轻巧地对我说，"顺便交几个朋友，再谈个恋爱。"

　　玩家足够多，就是虹糖挑选网游的条件，她花了一个晚上摸索，立刻就上手了，在此之前，她的游戏体验只有手机里的"跑酷"和"连连看"。

　　头两个晚上，她都像在玩单机游戏，和跑过去的每个玩家打招呼都没人理她，第三天晚上，有个 ID 叫"卫大人"的高级号理睬了她，带着她过了数个副本，一口气升了三十级。这个卫大人相当沉默寡言，但是对她也算照顾周到，还把她拉进了一个玩家群里，介绍她认识了他的姐姐"卫大海"。卫大海和她的弟弟就像黑白两极，她是个热情过剩的人，以她为中心的小圈子立即就接纳了虹糖，使得虹糖认识了许多网络朋友。

　　就这么个过程之后，虹糖向我宣布她爱上了卫大人，我总觉得自己是不是漏掉了什么关键细节，追问了她三遍，她也只是懵懂却又坚定地回复我："他人很好。"

　　"这小姑娘，打游戏没把电脑搞坏，倒是脑子'中毒'了。"我感到难以置信，"病得不轻。"

　　"这病倒不难受，滋味还挺美。"虹糖傻笑，"不用救我。"

　　"我也没药，你好自为之。"我在心里哀叹，她完了。

　　再有学识的人，也抵挡不了爱情幻化的毒，知识的海洋淹不死她，一看就有毒的炫彩糖果，她偏偏能一把把吃到把自己噎死。

3 飞了 2409 公里后，虹糖在机场里第一眼见到卫大人，差点儿没忍住掉头去买返程机票。

虽然她知道他是个什么人，两个人乜视频聊过天，但是他本人比视频里看起来要更瘦小、更黝黑、更凶狠。说白了，卫大人就是那种完完全全的"混混"，像是一百个"混混"浓缩在一起的终极版本，明眼人一看就知道，找不了任何借口去为他狡辩，这个人散发的气场，太"混"了。

卫大人个子不高还驼背，细长的两条胳膊好像折椅般叠在身体两侧，他一步一步走向虹糖时，嘴角扯着生硬的笑意，一双狭长的眼睛里迸射着冷光，像极了一兀饿狼，隔着老远，虹糖就被他的"杀气"震慑在原地，以至于忘了可以把钱包掏出来扔在地上后逃命。

"那个，你好。"卫大人说话时，声音很轻，他别开了眼睛，不敢和虹糖四目相对，他的手伸过来拉着她的行李箱说，"我帮你拿吧。"

卫大人没有再多说什么，转身就往前走，但他步子迈得很小，似乎有意在让虹糖能轻松跟上，虹糖听他说话温柔，便也不想着逃了，小鸡仔似的乖顺地跟着，仔细打量他的板寸头上几根短小的白发、背心下明显的"蝴蝶骨"。他虽然瘦，但是肌肉分明，力气应该很大。

　　虹糖尽量走在他侧面，但卫大人总是轻轻躲开，使得她总是只能看到他的后脑勺。她摸了摸自己裸露的胳膊，上面泛起了一层汗珠，于是说："南方果然潮乎乎的呢。"

　　卫大人轻轻"嗯"了一声，轻得融化在空气里。

　　"你比网上还要闷啊……"虹糖笑嘻嘻地想要打开话题。

　　"嗯。"

　　"谢谢你来接我。"

　　"不客气。"

　　"我们住的酒店离这儿远吗？"

　　"你住我家。"

　　"第一天就见家长？"虹糖做出受惊的样子小声轻呼，"我还没做好心理准备呢！"

　　卫大人没有说话，而是继续往前走。

　　他在她面前显得很虚弱，仿佛她很可怕，是一头大象，而他是一只虚张声势的小青蛙，用力鼓起了肚子，使得自己看起来大了一圈，很是强大的样子，然而他的故作镇定，被他躲闪的眼神给彻底出卖了。

这世上有很多女生喜欢比自己强大的男人，希望对方无论身份还是精神上，都远远领先于自己，足够庇护自己。但是虹糖本身已经足够强大了，所以她并不喜欢强大的男人，比起被拯救，她更乐于去拯救，很久以后，她才承认自己爱上卫大人，是带着一些优越感的。

此时此刻，虹糖跟在卫大人身后，每往前走一步，她的爱意就愈发地浓烈了一度，像是喝醉了，她看着他，只觉得他故意为之的凶狠架势和藏不住的孱弱气息都好可爱，她想给他很多爱，让他把胸膛挺起来，使他日益强大。

这天晚上，他们就睡在了一起，是虹糖主动的。她迫不及待，她希望让他意识到，不要害怕，她再强大也愿意示弱，他再弱小也可以征服她。

4

第一次见面，虹糖在卫大人家里住了五天，她暗下决心，下次来一定要住酒店。

卫大人有一个姐姐，一个弟弟，家里是上下两层楼。爸爸常年在外务工，妈妈待业在家，天天外出打麻将，弟弟在学校里寄宿，姐姐和妈妈住在楼下，卫大人住在楼上。姐姐一般都在工厂里吃饭，平日里一家人就算到了饭点也不见得能打个照面。

　　与其说卫大海非常好相处，不如说，虹糖太喜欢她了。屋里有她在插科打诨地揶揄自己，也化解了自己和卫大人之间相处时偶尔相对无言的尴尬。

　　让虹糖感到不适的，是卫大人的妈妈。

　　"你说你一个北京大小姐怎么会看上这么个'三无'伪劣品呢？"餐桌上，卫大海一手抓筷子吃面，一手还能腾出来打她弟弟的脑袋，大笑着说，"可不是被拐来的吧？"

　　"就是被拐来的啊，你瞧瞧他对我冷淡的。"虹糖也笑着回应，"天天晚上摸电脑也不摸我，估计正在找买家吧。"

　　本来挺和谐的气氛，卫大人的妈妈一口开就给败坏了，"哎哟……这话说得……"卫妈妈哀怨地叹出一口悠悠长气，"你们现在这些年轻人怪不害臊的。"

　　"阿姨，我开玩笑呢。"虹糖讪笑。

　　卫大海看不过去，以说笑的口吻埋怨她妈道，"得了吧，有这么好的姑娘看上你儿子，你还不赶紧烧香去。"她又嘻嘻哈哈地一巴掌拍在卫大人的后脑勺上，"要不是她眼瞎了，我们家小卫有人要？"

　　"哎！你怎么能这么说你弟，胳膊肘往外拐呀，我儿子哪点比不上北京人了？你倒是说说。"

"妈。"沉默的卫大人终于开了口 难掩嫌恶地瞪了一眼他妈妈。

"唉，你……这女的还没进咱家门呢！好哇，你就不想要你老娘了是吧？你帮着外人打我是吧！"卫妈妈摔下筷子，踢翻了椅子，躺倒在地开始用方言号哭。

虹糖想要去拉一把，被卫大海笑嘻嘻地拦住，卫大人也继续吃面，虹糖就这么举着筷子僵持在这一家人之间，坐立难安。好在卫妈妈每一次撒泼总有个收场，通常是到了麻将搭子约她的时间，便自顾自地骂骂咧咧出了家门。

5 那之后，虹糖每次再去见卫大人时都会自己订好市中心的酒店，当然是双人床。卫大人也乐意陪她在酒店里耗着，因为卫家的自建小楼位于偏远郊区，周边除了一个破败的私人小卖部在售假酒假烟之外，连一家像话的连锁便利店都没有，平时想要逛街、看电影，用卫大海的话说——"那你得进城"。每当虹糖飞过来，卫大人就像过节似的，天天吃香喝辣，逛这逛那儿，也不管他是否愿意，一整身的行头也被虹糖翻了新。

最初，花虹糖的钱，卫大人是不乐意的。对他这个传统男人来说，"媳妇得由老公养"是老家的共识，但是虹糖领他进的餐厅，动辄一顿就是三百块，对于平时下馆子吃饭不是点一碗盖饭就是一碗面的他，实在是不能接受这样"奢侈又无意义的消费"，也掏不出来这么多钱，他心理上生出更多幽怨，两个人为此也争过几次。

"吃再好，反正也是要拉出来。"卫大人出了商场还在抱怨，"卖四十八块一道的什么海南鸡，跟我吃的十二块一道的鸡丁盖饭，还不都是鸡？海南飞来的就格外尊贵？"

"有什么嘛，我的钱就是你的钱啊，你是我老公。"虹糖撒娇地挽着他，平息他不知指向何处的怒火，"人家就是想给你最好的嘛，不要心疼我的钱，你老婆能挣。"

卫大人摸了摸腰间的新皮带，一千多块，想了想虹糖的月薪，对她来说确实是九牛一毛，心里终于坦然了些许。

"你这个小白脸啊，啧。"卫大海调侃她弟，"脸也太黑了些。"

卫大人当然知道自己配不上虹糖，所以他对她的爱一直将信将疑。

在我的朋友里，有个配得上虹糖的男人，而且正巧一直在暗恋她。他叫熊会，身高一米八三，因为他玩任何游戏都可以轻松拔尖，人缘又好，最后一定会成为工会的会长，所以大家叫他"熊会"。熊会是在读研究生，博士备考中，北京知名医院外科实习医生，精通德语和英语，正在自学日语。

"我认识她，就是比那个人晚了一个月。"除了虹糖，圈子里的所有人都知道熊会喜欢她，而也也只会对我们袒露心意，"真的就是时机不巧吧，我可不比那人差……说这些也没什么意思，她幸福最重要。"

"所以你不准备出手了？"我问，"你放心她跟那个卫大人在一起？她一定会受伤的。"

微信对话显示"对方正在输入……"半晌后，才见到几行字，熊会似乎很是斟酌，"别人自己感觉好好的，我有再多的担心，也都是自以为是，对她来说，我的关心只是打扰吧。"

我说："我从读书时候就发现了，大家都觉得应该在一起的人，就是不会在一起，真奇怪。"

对面发来一个系统自带的哭泣表情。

这世上的机缘是很奇妙的，其实熊会之所以爱上虹糖，也是因为见到她深陷爱情的模样。

熊会自身条件好，对他投怀送抱的女性很多，但都是冲着未来可期的物质条件，并没有爱情的成分，所以他见到虹糖深爱着与她身份悬殊的卫大人时，很是奇怪，惊讶过后再惊醒，心里已经全是她了。

6 热恋期间的虹糖每周都很积极地飞去见卫大人，这么持续了半年，她很快地消瘦了，颧骨清晰地凸显，曾经的小圆脸不复存在，黑眼圈层层叠叠地聚在一起像是挨揍后的淤青，她站着时直打晃，仿佛是八百年没有睡过觉的人。

聚会的时候，虹糖常常脑袋突然磕在桌上，半梦半醒地呢喃："太累了，每天结束工作后还要看书，周五晚上又要坐飞机，周日晚上赶回来。"

熊会看着她，几度欲言又止，我替他把话问了："就不能换卫大人来北京看你吗？反正他也没工作。"

"你不懂，他虽然看起来很凶，但其实是个非常敏感的人，很怕改变现状，轻易不会离开熟悉的环境。"她的话里充满了宠溺。

我严肃地反驳她："可是一个男人如果爱一个女人的话，他会赤着脚穿越撒哈拉沙漠去泰国见她。"我转过脸问正帮着虹糖提购物袋的熊会，"你说对吧？"

"哪儿对啊？"熊会一本正经地回复我，"理论上来说，这是根本不可能的啊。"

"活该你没有女朋友。"我意味深长地扯起嘴角一笑，他郁闷地瞪我一眼。

"你们就是偏见太深了,我和他好得很。"虹糖晃了晃手里的袋子,里面是她晚上要带去给卫大人吃的零食,"我相信他是爱我的,只是他太内向了不善于表达。"

"怎么看出好来?爱情不仅仅是两个人关在一间房里吃饭、睡觉,偶尔出去郊游这么简单。"我说,"你俩也不是只想手牵手一起放学的小朋友,以后怎么办?要结婚的时候,什么问题都浮出来了。"

"打住!你又要扯门当户对了?那是封建迷信。"她不耐烦地挥了挥手。

"我觉得祖宗的这句老话还是挺有道理的,但我的理解不是物质,而是精神上的平等。"我喝一口手里的咖啡,清了清嗓子端出高深莫测的样子说,"如果只是你爱吃甜,他爱吃辣,这算不上什么障碍,但是相爱所要面对的并不是这么'表面'的磨合,你们也不会因为他的爱好是打游戏,你的爱好是旅行而产生隔阂,你们能在一起多久,完全看眼界、学识的高度是否匹敌,追求的方向是不是一致。"

"说来说去,你还是介意他穷,本来他家庭条件不好,就注定了他懂得不如我多啊。"虹糖说,"你是写书的,能说会道,我讲不过你,我家卫大人是贫苦出身,才不得不成为'混混',我站得比他高,完全可以拉他一把,只要他追上来,我们总会般配的。"

"那他要是不愿意追呢?"

"呃……"

趁着虹糖被我的问题噎住，我继续说："和贫富也无关，同样的月薪，有人每天要喝一瓶三块的可乐，有人每天要喝一杯三十块的咖啡；同样手里握着两百元，有人选择拿去买一件衣服，有人选择买一瓶酒，你说，他们谁对谁错？"

"啊……"虹糖继续噎着。

"有人只看韩剧，有人只看日剧，彼此都对对方提到的角色、剧情一无所知，兴趣缺缺，你能因此认为谁比谁更高级吗？致力于写好一个本书的作家，难道比致力于做好一碗拉面的厨师更高级吗？"我得意于自己能说会道，更是滔滔不绝，"这世上不乏'大小姐和穷小子''王子和灰姑娘'的故事，但他们的灵魂在交流上是门当户对的。"

"够了，他要是不愿意跑，我会拉着他跑的。"虹糖在路边的休闲椅坐下来，揉了揉小腿，对我们说，"爱情的魔力不就是让一个人变好吗？我会陪着他，帮助他，让你们看着他越来越好……"

我在她身边坐下，而熊会还是站着，他顺手把虹糖身边的那个购物袋也提在了手里，于是他手里挂了一叠鼓鼓囊囊的袋子。

"那你去美国工作的计划呢？"我问。

"我带他一起去。"

"那他不愿意出国呢？"

"我就带他回北京。"

"那他不愿意来北京呢？"

"我就留在他老家那边找工作。"

"不好吧……"熊会终于憋不住了，他小心地说，"你啊，别被爱情冲昏了头脑，事业前程还是更重要的，万一你哪天和他分手了，有些机会错过就没了，后悔都来不及。他的人生是他的，你的是你的，就是夫妻也不一定捆在一起过，想清楚啊。"

虹糖习惯了我的毒舌，却没想到温和的熊会也敢教训起她来，于是气冲冲地站起来，往前奔走，熊会提着大包小包跟了上去，我挥了挥手向他们示意再见，远远地，熊会冲我道，"我送她去机场！"

他们的背影完美诠释了什么叫"恋爱中的人都是傻子"。

7

或许是被我的一些话刺激到，又或许是虹糖觉得时机成熟，也差不多该和卫大人聊聊未来的人生安排了。

"不如你从现在开始学英语吧！"虹糖从床上翻起来，

突然从背后抱住正在玩手机游戏的卫大人，见他不回话，用头撞他的脸颊，撒娇道，"听到没有嘛，因为我迟早要去美国工作的，我们可以在那儿定居。"

卫大人头也不回地发出轻飘飘的讪笑，"我？美国？哈！"他觉得她的提议就是天方夜谭。

"我说真的！"虹糖双手捂着他的手机屏幕，迫使他看向自己，"钱的事情你不用操心，你就先读个语言学校，再找工作，等我拿了身份以后，和我结婚就行了，放心吧，我都计划好了。"

"神经病，我连广州都没去过，怎么可能去美国？"卫大人耐着性子赔笑，他尽可能温柔地拨开虹糖的手，继续打游戏。

"那你跟我去北京呢？"虹糖搂着他的脖子追问。

卫大人沉默不应。

"那我陪你一起去广州发展？你想家，我们随时可以回来。"她语气渐弱，已经不再是商量，而是讨好般的退让，但他却继续扭着脸打游戏，以冷漠代答：他没有兴趣。

虹糖再傻，也能从气氛里读出来他有些恼羞成怒了，这尴尬的气氛经常在他们之间蔓延，都是在她过于兴奋地聊了太多他不感兴趣的话题之后，今天是因为人生方向，昨天是因为聊起一部冷门的美剧。

虹糖喜欢看美剧，卫大人从来不看，他的休闲娱乐是玩游戏，偶尔看网文。虹糖喜欢吃清淡无味的食物，卫大人爱吃重油重辣的，她劝他吃太多对身体不好，说得急了，他也不跟她抗议，只是板着脸陷入沉默，这态度便叫虹糖知道，他是生气了。

这室内的寂静不会持续太久，虹糖会变着法子哄他，"不要玩游戏了嘛，我们一周才能见上一面。"她轻轻咬他的脖子，细声细气地撒娇。

他们之间的关系确实悬殊，在外人眼里看来，她本应该是飘在天上的人，但在感情的天平里，她沉重得快要陷入地心，他轻松地居高临下。

每当虹糖示弱，卫大人便会顺势走下台阶，"好，那我就来玩你！"他扔掉手机，张牙舞爪地扑向她，好像在逗一个三岁的小孩儿，两个人于是立即大笑着滚到一起。

他们之间的相处总是这样，一旦出现了问题，他们不会去面对和修复，而是假装没有看见，嘻嘻哈哈地戏耍一番，跨了过去，直到下一个问题出现，就这么循环。

可惜表面的墙漆再怎么补，墙里的大洞终究会使得一切垮塌，只是早晚问题。

8

分手是卫大人提出的，导火索是他在一次催债中受了伤，虹糖见了以后心疼得不行，也顾不上照顾他的自尊了，语气急切地数落了他一通，还是那些"为什么你就不能做普通工作"的老话，只不过不再是以女朋友的撒娇口吻来劝说，姿态有些像个母亲。

卫大人脸上还挂着彩，神色更是不悦，他凶狠地冲她咆哮："就知道你一直看不起我！"

他不曾这么凶过她，叫虹糖一时怔住了，半晌后，她又像往常一样压低了声线，试图抱着他轻哄："你在说什么啊，老公，求你不要多心了好不好？要不这样吧，我们就在你家楼下开个小卖部……"

"我不要你再为我牺牲了！"卫大人却不像往常般接受她给的台阶，他挥手将她打开，力道之大似在粉碎两个人之间说不透的一层隔阂。

虹糖捂着自己泛红的手，终于哭出来："我没有牺牲，我爱你，所以为你做什么都愿意……"

"我不愿意！"他从床上弹起来，一瘸一拐地走到墙角，似要拉开和她的距离，他的双眼也红了，似在控诉般指着她，"为什么你会爱我？我们根本就不是一个世界的人，你以后迟早会为你今天的愚蠢后悔，因为我根本就给不了你想要的生活……"

虹糖哭得更凶了，上气不接下气，她想说些什么，但是她过去的人生中并没有过和恋人吵架的经历，她只会说，"可是，可是我爱你……"

"我讨厌你！我讨厌你明明高高在上，却假扮和我平等的样子，我讨厌自己是个混蛋，你却对我那么好，让我更加像个混蛋，我讨厌你好像要拯救我的样子……"

她蹲下来抱着自己，她不敢往下听了，但那句话还是从他嘴里说了出来。

"我配不上你，分手吧。"

9 虽然俗话说"谁年轻时没爱过一个人渣"，但我倒不认为卫大人是个人渣，如果他是个坏人，面对一个迟早会取得美国身份的富裕北京姑娘，他完全可以骗财骗色，占尽了便宜后再分手。所以，某种意义上，虹糖也算是傻人有傻福，尝过了去爱与被伤害的滋味，却也没有损失太多，就当是一次爱的练习。

消失了三个月后，虹糖再出现时，已经和熊会如胶似漆，又三个月后，她和他领了结婚证。

原来虹糖在躲着不与我们见面的日子里，是熊会一直在照顾她，并在他过生日那天，大声说出了自己的生日愿望，就是她。

"虽然兜了一个大圈，但我好歹还是走到了终点。"咖啡厅里，娇小的虹糖坐在高大的熊会怀里像个娃娃，但是深情的熊会更像个黏人的小媳妇儿，她豪放地笑起来，"再说了，我也没吃亏，吃了两个处男呢。"

我被咖啡呛到，熊会瞟我一眼，便羞涩地低下头去。

"你俩在一起了，我是不惊讶。"我说，"但是，结婚，也太突然了吧？"

"因为我要先自己一个人去美国了，怕他不放心。"虹糖的笑容还未收敛。

"我好怕她被那些有八块腹肌的坏洋人骗走。"熊会娇嗔地蹭了蹭虹糖的头顶，"老婆，求你老实点儿，我读完博马上过来找你。"

"那你可要带着八块腹肌来见我哦，不然我也不敢保证我能老实多久。"虹糖笑嘻嘻地掐一把熊会的肚子。

我做出恶心反胃的样子嫌弃他们，好像热恋期的"狗男女"，又好像已婚十年的老夫老妻。"

"挺奇妙的，他一说他喜欢我，我就点头了，没有一丝犹豫，心里也没怨他怎么不早说，就感觉时机很对……"虹糖回忆起以前的自己，有些怪不好意思地挠挠脸，"和卫大人在一起的时候就没这种感觉，就特别顺其自然……唉，怎么说呢，没有谁觉得为难又或是多么兴奋，也没有那么多对着干，好像不是你死就是我活似的，更说不上谁厉害谁输一码，就觉得，我们应该在一起，一起活着，一起赢。"

我接话："就是你不用再假装了，可以安心做自己的感觉。"

虹糖点点头，"对，以前我总隐隐害怕会丢了什么，现在不怕了，我丢不了。"

她算是知道了，恋爱就是这样，世上大多数事都这样，当你感到哪儿不对劲时，说明你走了错误的方向，陪伴了错误的人，不要留恋过去的付出，那已经是沉没成本，赶紧放手，掉过头去，换一个目的地，舒服的风向会告诉你，有个正确的人在等你。

伊芙

1 伊芙，是个迷信"第一眼"的人，她认为一切冥冥中注定，第一眼看上的一定是最好的，所以她丝毫没有选择困难症，走进便利店买酸奶，会伸手拿走第一个映入眼帘的去结账，"人的本能会替我们做最好的选择。"

她说话时，喝了一口酸奶，脸上的表情没有任何变化，所以并不能判断出来她是否对这个第一选择满意。

她长了一张大写的冷漠脸，也不知道这五官是怎么组合的，明明是浓眉大眼，但看着就是对一切都漠不关心。她经常哭丧着脸找我抱怨，但是从表情上看不出悲伤来，她也经常被我说的话逗笑，即使是发自真心地大笑，也还是难以从这张脸上看出喜悦来，所以她给我的感觉是一个很"内化"的人，一切情绪都被封锁在身体里面默默在内部消化了，再散发出来时，只余下了百分之一，所以整个人散发着不热情的冷气。

　　我们相识的地点是在一场由我策划的漫展上，当时我把信息发布在本地的动漫论坛里，伊芙是看到了帖子赴约的观众之一。场地是本地一所艺术大学免费借给我的，在一场乱糟糟的舞台表演结束后，我坐在草地上休息，她径直走过来做了自我介绍，然后羞涩地和我握了握手，说我是她的偶像。

　　"我见你的第一眼，就决定了一定要成为你的朋友。"伊芙在成为了我最好的朋友之后，才坦然宣告了这个任务的胜利。

　　她是个有恒心的人，定了目标就一定要实现。当时我朋友很多，对这个横空出现的小屁孩并不上心，但是她通过默默陪伴的方式，以时间换取了我的真心，等我反应过来的时候，身边的朋友来来去去换了好几茬，才发现她一直都在。而且比起普通朋友，她更关心我的身体健康，到底是立志行医的人，她会面不改色地问我昨天的大便是什么颜色。

　　那时候我十八岁，她比我小三岁，正在暗恋一个比她小两岁的男生，我开玩笑说"你这是犯罪。"她一愣，然后消化了一下自己的紧张，才慢悠悠地反驳，"我只是觉得他很可爱，不是喜欢他。"

"不过你也才十五岁。"我后知后觉地想起来，因为伊芙的举止看起来实在是太成熟了。

她觉得可爱的那个男孩儿叫宸聚宝，这个名字挺好笑的，所以她给他偷偷取了个名字，在心里叫他小扑。他和她住一个小区，所以偶尔能遇见。

第一次见到的时候，伊芙见到他以脚尖轻点着地面，轻快地在雪地上一蹦一跳，结果摔倒了。他抬起脸时发现伊芙在看他，立即涨红了脸，怒道："看什么看！"

伊芙对我说："你真应该看看他的眼睛，像我小时候见到的夜里的星星。"

她是迷信"第一眼"的人，她发誓非他不可。

2 伊芙一直等到小扑长大后才告白，"现在我不是犯罪了吧？"她问我。

"你真有耐心。"我坐在陌生学校的升旗台子上，望着远处正穿过操场走来的人影。

小扑十八岁了，长得帅的小男生好像都不愿意好好读书，所以他在读技校，而二十岁的伊芙已经有了一份在医院里的实习工作。

"我好不容易从北京回来一趟。"我在风雪里缩着肩膀，"非得叫我看一眼你的小男人。"

"就想让你看一看他。"伊芙的鼻子冻得通红，"因为你是我家人啊。"她的目光一直锁定在远处，嘴里一呼一吸地哈着白气，"见了家人，我心里就踏实了，不然……"

她总觉得自己没有谈恋爱的实感。

我最初落地北京的时候，没几个朋友，每天还是在网上和老家的伙伴们聊天，伊芙每时每刻都在对我更新她的"小扑观察日记"——

"终于让小扑记住我的名字了。"

"今天帮他写了作业。"

"他在学校里挺受欢迎的。"

"小扑跟家里人吵架了，因为他不想读高中。"

"你觉得男孩子过生日时都喜欢收到什么礼物？球鞋吗？"

"我准备明天告白！"

"我告白成功了！"

但是因为告白太顺利了，所以伊芙在这段恋爱关系里一直处于忐忑不安的状态。

　　穿着红色棉夹克的小扑走近了，他走路的姿态是那种年少的轻盈，像是弹簧，一起一伏，配上正是最饱满状态时的脸，倒是不惹人讨厌，反而能叫许多女性不自觉地分泌出母爱来。他有一双剑眉，时常处于一高一低的状态，脸上总是在笑，露出一排整齐雪白的牙齿，他就那么笑着一直走到我们跟前，我仔细看了他的眼睛，确实很清澈。

　　"老婆。"他伸手把伊芙拽过去，然后亲了一口。

　　伊芙好像妈妈一样拍打着小扑肩上积的雪，拉着他转身朝向我，介绍完了之后，又爱怜地将他的手放进自己的大衣口袋里，同时说："快叫姐姐。"

　　小扑看向我，挑起一边眉毛，故意"挑衅"地叫了我的大名，伊芙嗔怪地用身体撞了他一下，小扑笑得更是得意。

　　他还小，又长得帅，这个年纪的男生最乐于在异性面前显摆自己那大咧咧的男子气概，虽然幼稚，但符合他们的年纪，女生大多吃这套，反正伊芙很吃。

　　"你好，你是南栩吗？"我冲站在小扑身后的男生挥挥手。

　　一个苍白阴沉的脸从阴影里走出来，冲我点点头当是应了。南栩的个子和小扑一般高，刘海盖住了眼睛，和散发暖阳的小扑不同，他的气质阴沉得好像要融入雪中。

　　南栩是小扑的朋友，偶尔作为背景人物出现在伊芙与我的聊天记录中，实际上，伊芙在和小扑来往的大部分时间中，他都在场，但又沉默得像个影子，仿佛不存在。

3 等到雪停了之后，阿娇也来了，我们五个人在能唱歌的包间里吃了一顿气氛诡异的饭。

阿娇和伊芙是在同一个时间段与我相识的，也是我最好的朋友之一，她也因此和伊芙很亲密。她早已见过小扑，对他并无好感，因为他向她示好得有些过度，此时，小扑正在逗她喝酒，我看在眼里，觉得意料之中，阿娇之所以叫阿娇，就是因为她漂亮，和一个香港明星长得有九分相似。

伊芙的反应则是对一切都心里有数，迎上我视线时，她嘴角牵起来一个尴尬的苦笑。

由于阿娇冷漠得过分，小扑自讨没趣后便蹦回了伊芙的身边，他整个身子都赖在她身上，撒着情真意切的娇，我和阿娇交换了眼色，达成了共识，原来对于小扑来说，伊芙的角色更像是妈妈。

至于南栩，一直沉默无言地吃着饭，等他吃完时，小扑的脑袋枕在伊芙的怀里，正在玩手机，而我和阿娇在聊着今后的人生计划，他百无聊赖地拿起话筒，唱起了一首方大同的歌，我和阿娇都停下了说话声，惊艳地看着他。

小扑抬手勾住伊芙的脖子，和她亲吻起来，南栩这时瞟了一眼他们，又回过头去继续唱歌。

他这一眼，便叫我看明白了这三个人之间的关系。

4 伊芙和小扑并不算牢靠的恋爱关系在迈入一周年时出现了第一道裂缝。

小扑的花花肠子伊芙是知道的，他跟哪些女生要好，她都录入在大脑里，名字、身高、星座、学历、穿衣风格，她像个护子的"宝妈"一般紧密干涉着他的社交，同时又因为怕惹他厌烦，尽可能地把握着模糊的分寸。

拿着两千块工资的伊芙，平时吃住在家里，所以钱都花在了还是学生的小扑身上，她从不怨他不给自己买礼物，她像母亲一样包容他，甚至真的成为了"母亲"的角色，她在包办了小扑浑身的行头之外，还赞助了他"泡妞"的费用。

"不是泡妞……"伊芙想要纠正我的理解，但她思索了一下，又找不到别的词汇，于是不再说话了，良久又补充一句，"他只是玩心重。"

逢年过节时，小扑都会送礼物给要好的女生，这些钱当然是伊芙掏的，甚至是伊芙陪他挑选的。

裂痕加剧的那天是阿娇生日，小扑希望她收下施华洛世奇的首饰，阿娇全程冷着脸婉拒，直到宴席结束后，小扑追着她到公交车站，俩人拉扯动作之大惹得路人侧目。

　　"别闹了！"阿娇最终一甩手，使得那盒首饰从小扑手里飞了出去，"不要拿伊芙的钱买东西给我！"

　　伊芙全程好像外人般目睹这一切，听了这话，她五脏六腑都被钻了一下，但脸上也只是嘴角抽了抽。

　　阿娇拦了出租车离去后，小扑凝望着地上的首饰盒发呆，伊芙弯腰捡起来，边递给他边安慰，"算了，她不喜欢这样的礼物。"

　　小扑拍开她的手，怒吼起来："你怎么这么烦啊！从小你就爱黏着我，管着我！"他边往前走边不悦道，"你是我妈吗？"

　　伊芙愣在原地，"你喜欢我吗？"——她没问出口——她想问，但是话在腹部里一转就消化完了，她追上去，脱口而出，"别生气了好吗？"

5

伊芙和小扑交往到第二年时，小扑终于不出所有人意料地劈腿了，和一个学妹。活泼、开朗，天真、幼稚，这个学妹是个非常"外化"的人，和伊芙完全相反，如果她有七八分开心，她就会以十分力气来大笑，如果她有十分难过，她就会铆足了眼泪哭个十七八分钟。

　　这一年我回家探亲时又是冬天，伊芙约我晚上"出来走走"，街上已经没什么人了，我们绕着居民楼一圈又一圈地转，直到所有宵夜摊开始收摊，她以极为平静的语气描述了最近发生的事情，小扑也是为自己辩解过的，他说自己就想喘口气。

　　"我一直被你盯着，我的世界就这么大，全是你！睁开眼闭上眼都是你！我不能喘口气吗？我多大？我才多大？"在伊芙租的房子里，他穿着一身睡衣指着她冷笑，"凭什么我现在就要定下来？我怎么知道你是最适合我的女人？这就是最适合我的生活？我就想知道别的女人是什么滋味！别的生活是什么样子！"

　　小扑觉得自己已经提前过上了养老生活，他身后的阳台上晾着伊芙为他洗的一溜儿衣服和袜子，厨房的水池里堆着伊芙下班回来要洗的碗，提着一兜子菜的伊芙还没来得及脱大衣，就站在客厅里和他吵架。

　　"你说这人怎么就能这么大方地说出这样的话来？我真的气到要疯了。"话是这么说，她却是"噗嗤"一声笑出来，好像自己说了个笑话，接着又看着我说，"但是我一琢磨又觉得他说得对。"

　　街上只剩下路灯，伊芙整个人比过去都憔悴了很多，脸上的肉像是被刀片过似的，在暗黄的光线里能见到骨头的轮廓，"他还那么年轻，当然对一切都充满好奇，可能是我做错了，我剥夺了他的选择，他那么年轻，还什么都不懂，我却强行把自己的喜欢塞给他。"

我抱她，于是她的脸埋在我的大衣领子里，很久时间都没抬起头来，她的呼吸很重，我知道她又在很努力地消化情绪，使自己不至于在无人的街道发出咆哮。

"我原谅他了。"她说，"谁叫我第一眼就喜欢他。"

6 第三年时，阿娇在网上问我什么时候再回老家，伊芙的状态越来越差，因为小扑和那个学妹一直藕断丝连，仗着伊芙离不开他，如今出轨更肆无忌惮了。

我们决定好好劝劝伊芙，但是在 KTV 里，她只顾着唱周杰伦的《简单爱》，她更瘦了，原来就好像冰原一样静谧的眼神，如今仿佛一潭死水。

"你很贱。"我一开口就来气，"你把你自己整个人都丢了，你现在就是在为别人活着，在为一个不喜欢你的人糟践自己。"

我夺走伊芙的话筒，她于是开始喝酒。

　　"我们是真的心疼你。"阿娇拍着伊芙的腿，眉头紧锁地看着她咕咚咕咚地买醉，"你觉得小扑看你这样子会心疼吗？"

　　南栩一直在坐在阴影里抽烟，捡起话筒来又唱起了《三人游》，他的心意也未免表现得太明显了，然而伊芙什么都不知道，她眼里只有小扑，因为小扑，她的医生执照也一直考不下来。

　　"你还记得你以前想成为什么样的人吗？在遇见小扑之前，也在遇见他之后，你从来就不是只想做谁的女朋友，谁的老婆。"我看着伊芙被荧幕光映照得蓝盈盈的眼白，"但你现在就只是一个小扑看不上的，什么都不是的东西。"

　　南栩最先对我的话起反应，他很明显地瞪了我一眼，而伊芙依旧面无表情。

　　"现在，我也看不起你了。"我继续说。

　　伊芙突然把手里的酒瓶摔到地上，但她用的力气很轻，并没有碎裂声，她就是这样的人，在发火前会先消化一大部分，然后小心地释出一小部分。

　　室内一时只剩下无声的背景乐，伊芙终于"啊"地尖叫了一声，然后眼泪哗哗地淌了下来，我知道她已经静静消化完了好几公升的眼泪，却还是溢了出来。

7

我要走的那晚刚巧赶上圣诞节，伊芙说请我吃饭，她说会仔细考虑和小扑分手的事情，不过老天爷似乎并不想给她时间，我们一行人立即与小扑和他的学妹撞个正着。

这座小城市最好的餐厅都聚集在一栋商场的最顶层，所以遇到小扑和他的学妹在吃火锅时，我们都不算太惊讶。很久没见到小扑，我注意到他那双眼睛已经不清澈了，这倒也不值得惊讶，最叫所有人大跌眼镜的是伊芙，她竟然一言不发地冲了上去，胳膊一甩，一个巴掌扇在了小扑的脸上，那声音叫所有食客都抬起了头，她显然使上了全力，毕竟已经在心里了删减了数百个巴掌。

小扑原本还有些惊慌，这会儿却恼羞成怒，和伊芙吵起来，那个个子只到他胸口的学妹倒是没说话，端起火锅就往伊芙脸上泼，南栩眼疾手快地把伊芙拖进自己怀里，转身用后背承受了那锅油汤。

伊芙挣开南栩的怀抱，还想理论，却见到小扑下意识地把学妹拦在身后护着。他看她的眼神，好像孩子在看着企图毁坏他心爱之物的坏妈妈，她心里彻底凉了。

"我们分手了。"伊芙凄厉地一笑，"明天你来家里，我家里，把你的东西都拿走，请你搬出去。"

这晚饭没有吃成，我们回到伊芙的出租屋里，帮她打包小扑的物品，最后我和阿娇先走，留下了南栩陪她。

8 后来，伊芙理所当然地和南栩在一起了，而被他俩成全的小扑和学妹，在一起不到两个月就分了。小扑想要和伊芙复合，这三个人又纠缠在了一块，好在南栩行动迅猛，果断向伊芙求婚，见过了双方父母，看好了房子，交了首付，小扑这才死心，最终不会再有"三人游"的局面了。

伊芙邀请我去家里吃饭，她说南栩做得一手好鲜辣的湘菜，我看她的脸，圆了不少，可能真的每顿都吃两碗饭吧。

南栩告白的方式是给了伊芙一串空间密码，她进去后看见了他每天的"暗恋日记"，还有小扑每一次伤害她时，他什么也做不了的痛苦自责。原来他对她是一见钟情，只是当他第一次见到她的时候，就知道她喜欢小扑了。

"他第一眼就喜欢上我了。"伊芙有些自满地说，"虽然我的第一眼错了，但他的第一眼没有错。"

阿娇

1 阿娇，人如其名，长得和香港一位女明星不说十分像，也有九分，但我是很久以后才发现她长得美。她不是第一眼美人，也不是第二眼，是要看很多眼才会慢慢发觉，这姑娘原来长得这么美，她的美很收敛，和她的个性有关。

她不是个咋呼、外放的人，可以说"收"得有些过头，身处稳中还要求稳，恨不能一出生就开始领养老金，所以当她跟我含含糊糊地说，她可能不喜欢男生时，我挺惊讶的，但人家都来说心事了，这说明我看起来比较稳重，所以我只能"处变不惊"地淡淡应一声"哦"，然后轻描淡写地问，"你有喜欢的人了？"

她试探的笑容在脸上顿了半秒后松了一口气，真正不扭捏地笑起来，开始聊起自己喜欢的类型。

在我十七八岁的年纪，身边有很多这样的人，现在也有很多，可能因为我从事艺术行业。总之十几岁时许多人不过是赶个潮流，感情上特立独行和纹身、打耳洞、染发烫头也没太多区别，不过是为了显得自己与众不同；其中当然也有认真摸索真实自我的人，毕竟大家都是青春期，想更清楚地认识自己，只是这个人不应该是阿娇。

认识阿娇的时候，她还未成年，却已经是我在十八年里见过最老气横秋的青少年，淑芳比她更甚，但因为我和阿娇更熟，就不评价淑芳了。

不过要解释阿娇为何是这般性格，却又不得不先说说淑芳是什么样的人。

2 淑芳和阿娇的友情好到可以用"连体婴"来形容，你远远看见了淑芳，就说明阿娇也在附近，如果你打电话找不到阿娇，打电话找淑芳就行。她们即使上厕所都是形影不离，而她们的初识之地是幼儿园，这世上还真是存在处不腻的朋友。

　　我大约在十二年前认识了淑芳和阿娇，现在再看淑芳，她和当时的样子比较一点儿也没变。不是说她不显老，相反，我刚认识她的时候，这个少女的皮肤虽然细腻光滑，但她的气质已经稳重得好像四十岁的国企老干部了。

　　"再过两年，我就要去第一医院实习了，到毕业就刚好转正，然后和老郑结婚，我觉得人类性交的行为很恶心——"她推了一下眼镜，眼里的嫌恶还是透过镜片无数倍地折射出来，然后她肯定地说，"但是我要生两个小孩。"

　　老郑是她的青梅竹马，两个人都是学医的，似乎从小就约好了长大要结婚，我见过他一次，他的眼神和她是一模一样的，我觉得这俩人头上一个写着"天造"，一个写着"地设"。

　　那之后，她的人生就按着这个计划走，一步也没错过。现在她确实已经是两个孩子的妈妈了，至于夫妻间是否还有人类性活动，那我不知道。

　　受到挚友的影响，阿娇的步伐也非常稳健，人家是一步一个脚印，她是一脚一个坑。虽然她是个文艺少女，与我结识就是为了跟我一起玩摄影，但她是百分百要去当公务员的，搞艺术对她来说是"不稳定"的职业，更别说"不稳定"的恋爱关系。

"玄，我特别羡慕你。"那天晚上，阿娇喝了一点点酒，涨红了脸对我说，"你这个人，心里只有自己。"

"你这是骂我呢？"我笑起来，却有些得意，我挺为自己的"目中无人"得意。

"我心里有太多人了，有爸爸妈妈。"阿娇鼻尖红了，可能是冻的，她眼眶也红红的，"我不能只顾着自己。"

当时我组了个社团叫"降落伞"，说是为了玩摄影，其实就是为了青少年一起抱团，成员最多的时候有七八个人。我们一行人在大冬天，一字排开蹲在沿河的大桥下，偷偷摸摸学着大人的样子抽烟喝酒，因为实在是不喜欢，所以每个人都只试了一口烟，而酒因为比较贵，愣是分着喝完了。

正因为十八岁的我是一个"自我中心"的自恋狂，所以我当时是一群人的小头头，所有人都听我指令，也因为大家都不习惯发号施令。

"你就要学着自私点儿，懂吗？"我接过她手里剩下的啤酒一口气喝掉，重复了一遍命令，"你必须学着自私一些，这对大家都好，并不是只对你好。"

"嗯。"阿娇半懂不懂地哼了一声。

3 现在已经年过三十的我，没有以前那么不顾及他人感受了，懂得设身处地、换位思考，甚至过了头，为他人的境遇掉眼泪不是一次两次，自恋还是有一些，但是也伴随着等量的自卑，有时候觉得我什么都配得上，有时候又觉得我什么也得不到。就一点，和青少年时期没有变化，我还是逢人就劝："你该自私一些。"

人首先应该是为自己而活，自己活出人样来了，才有资格去为别人活。他人的生命是很重的，要去承担，首先得自己足够强壮。

我见过太多人活着，顾及这个人的感受、那个人的想法，最后把自己的生活搅得一塌糊涂。人生只有一世，这么难得，却活得不痛快，到头来为人家牺牲了那么多，他们可能也不念及你的恩情，甚至觉得你的好意是负担。

单单从一句"我是为你好"有多惹人心理逆反，就可以看出来，大部分人并不期望有人"管着"自己。

"如果我不听话，我的爸爸妈妈会伤心。"许多朋友都对我说这句话，他们是发自真心的，"我不想他们伤心。"

"所以就活该我伤心吗？"我反问他们。

照我家里的意思，他们觉得我画画写小说是不正经，我最好大学一毕业就在家旁边的百货公司上班，或是去我妈的工厂，继承她的工龄，上流水线，同时通过家人安排的相亲找个老实男人，直到生了孩子，我的人生在他们眼里就算"顺遂"了，也意味着"结束"了。很奇妙，似乎女人的一生到"成为妈妈"那一刻，就没有下文了，这对我来说，即是"死了"的意思。

照着我家里人的意思生活，我和死了是没区别的。

为了躲避这一切，我跑到了北京，那之后吃了很多苦，但我还"活着"，我还在干着不正经的事，我还是我。

我来这世上一趟，吃苦受累的，还不能遵从自己的意愿，就太吃亏了。

伤了谁的心，我都不在乎，我就想自己活得有乐趣——不过最有意思的是——事实正巧与大家所料的相反，在离家出走前，我这个"万人嫌"和家人的关系已经一塌糊涂了，而如今，我却成为了他们的骄傲，"不听话的"我长大了，和家人之间的关系更亲密了。

这又时常让我假设，在工厂上班的我已经很久没有抓过画笔，偶尔拿着手机翻一翻网文，想起来以前我也会写点小文章，然后看一眼自己因为操持家务而臃肿的手指，指甲缝里还留着一丝中午摘菜时沾的泥土。

客厅里，老公躺在沙发里喊："怎么还没做好饭？"我大着肚子，扶着腰，边用锅铲扒拉着锅里的油菜，边骂骂咧咧地和他对骂起来，也算是发泄了一丝心里的怨堵。这时候大儿子也放学回来了，跑来找我要钱，说是班主任要组织暑假补课，三千块，是我一个月的工资，我叫他先打电话向奶奶"问候"一下……

这幅光景，在许多人眼里是幸福的，尤其在我家人眼里，这可是他们对我的人生所抱有的最圆满的期待。

因为不想伤了他们的心，所以我选择妥协，步步退让，深陷泥潭，所有人就皆大欢喜了？不会。不会的。

因为这一切都不是我想要的，所以我难免怨声载道，抱着大儿子怪我妈当初介绍的这份工作给的工资根本不够花，大着肚子怪我奶奶介绍的这个老公除了老实真的一无是处。我会跟他们天天吵，夜夜吵，再换来一句又一句的——

"怪我咯？你自己没用还怪我？"

"我不是为你好？"

"你从小就没出息！"

"隔壁小张不比你辛苦？一个人带三个孩子，老公都没上班，她还不是把家里收拾得特别好？"

"就你，娇生惯养！"

本来所有人就看不起我，才许给了我这样一副基础配置的"经济"人生，如今见我蓬头垢面，更是看不起了。

谁伤心？我伤心，家人也伤心，但是他们就算心疼我，为我哭得再大声，这样的人生，主人公是我，背负着的人是我，没有人会来替补我。

哭哭啼啼的人生，我不要。

"你好自为之。"我逃离这个假设未来之前，对阿娇说。

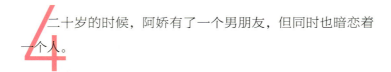

二十岁的时候，阿娇有了一个男朋友，但同时也暗恋着一个人。

她的男朋友姓金，她介绍的时候手掌翻上去，在他胸口轻快地划了一下，又仓促地放下，对我们说："他就是小金。"

小金的年纪比阿娇要大几岁，是个公务员，眉清目秀，戴着眼镜，笑容得体，他冲我伸出手，我愣了一下。因为我当时还是个自由作家，不习惯商务人士的见面礼，半秒后才反应过来，伸出手去和他握了一下，然后我们友好地聊了几句，小金对于话题的分寸也把握得滴水不漏，我想他真是一个好老公的人选。

至于她暗恋的人，我是在电视上看见的，阿娇指着屏幕上出现的一个本地记者说："就是她，孙亦辰。"

那是个有着黑色长发的女生，面容清秀好似碧波湖面，整个人的气质干干净净，说实话，有些象小金的翻版，不，倒不如说，阿娇是照着这个女生的气质去找了个相似的男朋友。

我看着阿娇那一脸兴奋的样子，她肯定意识不到自己吐出"孙亦辰"三个字时舌尖有多欢快，每个字都是蹦跳而出，和她介绍小金时那股子不自在的别扭劲儿真是迥异。

"你，真是'颜控'。"我感叹道，"不管是这个记者，还是你未来老公，都挺好看的。"

"我喜欢好看的人。"她有些羞涩地干笑起来。

其实阿娇的相貌比孙亦辰和小金都好看，她自己也知道自己好看，但她不是很在意，总是穿着不合身的连帽衫和裤脚踩得稀烂的牛仔裤，除了蓝色帆布鞋，从来没见过她穿别的鞋款。

"但我不能喜欢她。"她继续补充，"喜欢她，我的人生就完了，所以我选择喜欢小金。"

"你和小金睡过了吗？"我突然地问她，于是阿娇一怔，以慌乱又敷衍的笑容回应了我，于是我又继续说，"我看过一篇科学报道，也可能是瞎编的什么鬼东西，上面说，你第一次性经验对象的性别，会决定你的性取向。"

5 后来，我并不知道阿娇的"第一次"是和谁发生的，但是她和小金分手了，用尽手段追到了孙亦辰。虽然她说"用尽手段"，但我觉得她只是全程傻笑着盯着人家说一些在心里模拟了无数遍的肉麻话而已，她是个没有任何恋爱技巧的人，孙亦辰会点头，还是因为两情相悦。

她们俩第一次遇见是在酒吧——

"哇！"我打断阿娇说话，"真看不出来你这人……"

已经在国企上班的阿娇，穿着一身商务装坐在我对面喝着铁观音，她用茶杯盖子一扇一扇地轻轻捋着杯沿，这个动作让她二十多岁的灵魂充满着儿孙满堂的重量感。

她无所谓地说："我就去过一次，就遇见她了。"她又补充一个自然溢出的笑容，"可能就是为了遇见她。"

眼前这个晚上十点前准时入睡的"老古董"，竟然会去泡吧？还是那么"叛逆"的酒吧。更霹雳的是，临结婚前她把见过双方父母的男朋友给蹬了。与其感叹爱情真伟大，我喝一口自己杯子里的拿铁，好笑地说："人啊，果然还是斗争不过自己的本能欲望。"

"我……"像是为了舒缓自己剧烈的情感，阿娇长舒一口气后，很郑重地说，"特喜欢她。"人在动情时，忙于平衡荷尔蒙的大脑似乎除了这句最平实的台词，一时间也没有那么大的功率去甄选出更浪漫的字眼了。

"我特喜欢你现在的状态。"我笑得停不下来，"给我带来惊喜不断。"

这个在手机闹铃里备注有"15：25，喝水"的阿娇，跟一个和她一样留着一头漆黑长发的女生在一起了。阿娇那按部就班的人生列车正式宣布脱离轨道。

6 和孙亦辰在一起的阿娇不再是小瓦数的温柔"护眼灯"了，她的心情每天都在大起大落，跟舞厅里一会儿闪电一会儿漆黑的炫彩斑斓的 LED 灯似的，我想她是彻底完了，在爱情里能被人如此左右情绪，只能说对方是个高手，而之所以是个高手，是因为对方并没有陷入这段感情，因为只有没入戏的人才有多余的理智去操控俩人的恋爱剧本。

最后阿娇还是被甩了，据说孙亦辰跟一个特别帅的男人好了，这和我预期的差不多。在那个圈子里，某些人最后都会跟帅气但身上多了个"零件"的真男人跑掉，随着年龄增加，大家都是要结婚的。

虽然我最初就警告过阿娇，"你最好抱着玩玩的心态。"但她还是义无反顾地踩碎了自己的阶梯，头也不回地往断崖冲，什么后路也不给自己准备，现在她二十五岁了。

　　分手后的日子很难熬，阿娇循规蹈矩的"人设"终于垮了，她日夜颠倒地游走在各个酒吧之间买醉，和不同的人拥抱着过夜，这段时间里夹杂着谈了两三次速战速决的恋爱，她没有变得滥情，她正在自暴自弃。

　　她天生就有一对好像烟熏妆般的眼圈，以前看着挺有风情，现在却只能称之为"熊猫眼"了，人也瘦了不少，双颊深陷，抬眼看我的时候，眼白明显，活脱脱一个只在夜里活着的"吸血鬼"模样。

　　我端着老大的样子说了些回头是岸的励志话语，其实我心里知道自己劝不了她，从始至终，看起来她在每一个岔口时都向我咨询建议，也似乎被我的言语所动摇，但其实之后的每一步，都是她自己的选择，她自己走的。

　　阿娇刷新了我对她的认识，回忆起来，其实她一点儿也不刻板，也不愚钝，她心思活泛得很，我根本不需要劝她多爱自己一些，因为她懂得自己要什么，也一定会去要。

　　阿娇有着薄情的气质，孙亦辰离开之后，她骨子里的自私便流于表面了，这倒是叫我很放心，自私的人才不会受伤害。不过她虽然真的自私，却并不薄情。

　　她的笑容总是很收敛，极少大笑，和我也保持着一点儿距离，不像我认识的别的女孩儿，十几岁的她们说"我们是一辈子的朋友，对不对？"整个人恨不能焊在我皮肤上，在我身上笑，在我身上哭，但是阿娇和我贴得最近的时候，也只是腿贴着腿，抓着我的手，揉我的手背，笑得很收敛地说，"我们是一辈子的朋友，对不对？"

老实说我隐隐能感觉到她真的拿我当朋友，但她的外在表现却又那么疏离，所以我也不准备把她这个人放在心上。

在我十七岁的某天，暴雪袭城，我记得我和阿娇约好了下午两点见面，就蜷在沙发上打盹，猛然惊醒时已经是下午四点。我边看手机上的来电提示边套上外套往门外跑，想着她不可能在等我——外面的雪白茫茫一片，几乎把一切都吞没了——我家楼下的公交车站，只有一个小小的身影耸着肩在雪地里跺着脚，她竟然等了我两个小时，而我这个超级乌龟王八蛋就在她头顶上睡觉。

"如果不是你！我不会等的。"阿娇的脸雪白，但是眼睛和鼻尖是红的，她愤怒地朝我吼，"如果不是你！"

这是她第一次也是唯一一次对我发怒，往前追溯，再往后看，仅仅这一次，之后我再也没见过银蓝色薄情脸的她活生生的鲜红样子，可能她全部的热烈色彩都泼给孙亦辰了。

"你打我吧。"我丧着脸，冲比我矮一头的她低下头。

就我犯的这个错，她和我绝交一百次都应该，扇我一百个巴掌也行，但是她只是赌气扭头就走，我忙低眉顺眼地追上去，她没有跟我绝交，还是我的朋友，于是我在心里给阿娇腾了一个好大的位置。

7

二十九岁的阿娇，是我熟悉的银蓝色、平静的脸，她用平静的语气，对服务员说上一壶乌龙茶，要三个杯子，然后跟我聊起房子，"我同事手里有个河西的指标，会比市价便宜不少，你要买房子吗？"

坐在阿娇身边的是她正谈婚论嫁的男朋友，戴着眼镜，他友好地冲我一笑，然后客气地夸了一句："你这件风衣挺好看的。"

阿娇于是揶揄他，"她穿才好看，你就算了吧。"

眼镜男憨笑起来。

"还记得小金吗？"阿娇问我，然后打开手机翻出朋友圈，给我看一张照片，上面是一个胖男人，穿着臃肿的夹棉睡衣，在书桌前摆出挑灯夜战的姿势。

"这他？我没认出来。"我笑。

"瞧瞧他结婚后胖成什么样子了。"阿娇抚了抚胸口，"好险，好险。"

"你们在说什么呀？"眼镜男凑过来。

阿娇推了推他，"行了，你快去上班吧。"

眼镜男于是圈住阿娇的脖子，在她脸上亲了一口，阿娇干笑着看了我一眼。

现在的阿娇工作稳定，朝九晚五，健身养狗，有两套房子，未来老公是同一个单位的小领导，前途无量，她兜了一大圈，又回到了自己曾经的轨道，至于孙亦辰，就像是从列车顶上划过的流星，把她所有大逆不道的情绪全带走了，从此以后，这列哐哐前进的列车会笔直向前，直到燃料耗尽。

北极

1 北极，身高一米八五的海归精英男，长得不错，脸上动了刀子以后更好看了，浑身名牌，混迹三里屯一带，走起路来带风，活脱脱一个韩国男明星在街拍。最近为了脱衣也"有料"，他开始泡健身房。

"嗨！女神。"他每次见到我都这么打招呼，无论是面对我现在穿着高跟鞋的样子，还是以前顶着一头乱发的假爷们儿的样子，他站起来，替我拉开眼前的椅子，做出一个"请坐"的动作，"你又美了。"

"比不上你美。"我打量他，同时诚恳地赞美。

上次见面时的北极是巧克力色飞机头，现在是非常时髦的浅咖色中分头，他穿着白色高领毛衣和驼色风衣，那薄薄的衣料看起来并不具备任何保暖的功能，至于脚踝则永远裸露在裤脚和皮鞋之间。

他露出精打细算的收敛微笑，将羞涩和帅气的比重调和得精确对等，和他的西裤一样经过严格的丈量。

"看看吃什么？"他把菜单在我面前摊开，翻到主厨推荐处，用手指点了点，"这家店的惠灵顿牛排不错。"

我看了一眼价目表，因为我是那种遇到对方请客时总会有所顾忌的别扭人，于是有些纠结地说："我还是觉得我们谈事情，喝个咖啡就足够了。"

"那怎么行？女神这么难得约我出来见一面。"他说，"你要是晚饭没约，我带你去一家排队要两个小时的明星店，特好吃，指不定还能遇见王菲。"

热情的视线一直在我们这一桌转圈，当我走进这家店时就注意到了。女店员们都在对北极行注目礼，她们偷偷指着他，笑容满面地交头接耳，时不时用手肘撞一下对方，然后轻声哄笑，接着继续投来向往之情。

一般人在最初见到北极的时候，都会误会他的取向，因为他说话轻言细语，肢体动作很小，不似一般男人那般大开大合，最重要的是，路过任何镜面，他都会整理仪容，保证每根头发丝都在该在的位置——但他是个"直男"——而且比一般的直还要更直，堪称钢筋铁骨的直，因为和一个又一个不同类型的女人睡觉，几乎是他活着的目的。

2 第一次见到北极的那天，他是带着女朋友一起来的，散场后，一个朋友在微信里问我："北极加了你微信，没对你怎么着吧？"得到我的一串"？？？"后，她继续说，"小心点，别被他骗了，这人真的'渣'。"

与此同时，北极的消息框弹出来："你到家了吗？"

"到了。"我回复。

"那就好。早点休息，晚安。"

这句话之后，他也没有再发新消息，另一边的朋友还在持续爆料，把北极描述成一个见了女人就发情的"种马"。

原来他今天带来的女朋友也不算是严格意义上的恋人，或许对方那边是拿他当男朋友的，可是他依旧以"单身"自居，四处"撩妹"，在朋友圈里"臭名昭著"。

我回想了一下，在聚会上，北极对我是比较热情，但是我并没觉得有什么不对，因为他对每个人都很热情，那是一种类似室内恒温般不会惹人反感的交际手段。他好像宴会的主人，把每个客人都照顾得非常周到，仿佛大家都是他的十年老友，但又很鲜明地匀出了一丝格外的照顾给"女朋友"，让人们能意识到他对朋友和女朋友的区别态度。得体，这一切都太得体了，有教养，有礼貌，更有分寸，他太聪明了，不愧是名牌大学金融系毕业的。

这之后他一直和我保持着联系，经常说一些"我关心你""心疼你""好好吃饭"之类既可以称之为朋友又有些突破了朋友关系的暧昧台词，直到他发现我真的不动如山，就开始聊工作了。

他是个小老板，经营着几个自媒体品牌，我算是他用得上的合作方，不过在这两三年的来往里，我们只合伙完成过两次广告业务，所以我和他算不上很熟，却又因为朋友圈和各种八卦对他的情史了如指掌。

3

主菜上来后，北极也没有怎么吃，他大部分时间都在喝美式，为了保持体形，他很少碰碳水化合物，肉类只吃牛肉和鸡肉，偶尔吃海鲜。

我们没聊两句工作的事情，他就开始闲聊了，"最近谈恋爱了吗？"得到我否定的回答后，他摇了摇头，"你这样不行。"

我好笑地看着他说："你那些能叫谈恋爱吗？"

"怎么不能？我每一次都是认真的。"北极给我发了一张照片，是那种过度修图的网红脸风格的女生，和他过去的每一任都很像，我不太分得清楚谁是谁，他问，"谈了三个月了，好看吗？"

"所以呢，你要结婚吗？"我记得他每一次都是谈了五个月左右就劈腿了。

"说什么呢。"他笑得肩膀抖了抖，"不到万不得已，我是不会结婚的。"说罢，他又补充，"但我一定会结婚的。"

"为了爱情吗？"我故意恶心巴拉地说。

他翻了个白眼。

北极现在年龄还小，他家和他之间有个默认的约定，二十八岁之前随他怎么玩，之后就必须回家继承家里的产业，同时和父母安排的对象结婚。

"爱情到底是什么？想睡，算吗？"北极自问自答，"应该不算。"

我说："你想睡的人太多了，爱情大约是一辈子就只想睡那一个人。"

"我觉得爱情就是个神话，哪里来那么多生生死死，非得为了某一个人要死要活的？满大街的猪头，以他们的条件，找个猪头女朋友，这时候给他个刘亦菲你看他换不换？换了吧，那又给一个更漂亮的呢？"北极捂着嘴坏笑起来，压低了声音，似乎在说一个秘密，"猪头只能睡到猪头，为了显得自己确实有所选择而不是迫不得已，所以歌颂爱情，编了一生一世一双人的神话出来，其实不过是失败者的自欺欺人而已。"

"你嘴巴也是够坏的。"我被他逗笑了，反驳的话说得也是毫无底气，"那世上也是会有人就只爱自己的猪头爱人啊，千金不换。"

"那是日久生情，血浓于水了，谈不上爱情，那叫亲情。"北极不屑地摇一摇头，"我就不信了，这世上哪会有人睡一个人睡了三五十年都不腻味的啊？"

我说："那你腻得也比一般人快太多了。"

"不怪我。"他托着下巴，撒娇似的说，"是她们自己送上来的，不吃白不吃。"

　　北极从来不需要主动去"追"女孩儿，他知道自己被认识的人嘲讽是"中央空调"，他就是故意的。他暖每一个人，那风向并不针对谁，拥有爱即是体热的，不吃他这一套；但是怕冷的小姑娘，会不知不觉地靠近他，形成"倒贴"的姿态，他顺势完事后，也可以不承认彼此的关系，毕竟他没有"追"她，没有过告白的流程。

　　他过于聪明了，永远也不会对人交心，精力全用于钻研自己的一招一式，所以他的嘘寒问暖，在我看来都是招式，这是一个只能做"炮友"，不适合做朋友的人，当然他自己也只满足于速战速决的关系。

4　　"我谈恋爱了！"北极突然在微信里宣布这个消息时，我的反应是，这有什么好说的？你不是每天都在谈恋爱么？但是他个人觉得这算是他第一次恋爱，即使他已经和风格各异的女人们花样翻新地睡过了九九八十一式。

　　很快，他把朋友圈里所有暧昧的照片和配文全删了，他曾经很喜欢写一些不点名道姓的情话，类似于"今天真的好累，但想想你，觉得吸的霾都有些甜。"这种，可以让每一个和他有故事的女同学，都觉得他是在针对她说话，反正大家点赞留言，互相看不见，朋友圈的系统很利于北极这个"大海怪"同时脚踏八条船。

现在，北极的朋友圈里开始大方发布双人合影了，也会直呼其名——"初二"——她女朋友的名字，据说她是初二出生的，外形看起来像个中学生，齐刘海，圆脸蛋，在照片里总是耸起双肩，很乖地并拢着胳膊和双腿，像一个娃娃似的坐在喜笑颜开的北极身边。不过她有一条花臂，大红大绿又是骷髅又是枪炮的图案，给她清纯的气质里添了几分怪诞，好像又甜又咸的话梅糖。

初二是个纹身师，北极去她店里的时候只想在手臂上纹一个甜筒图案，当她摘下口罩时，他看着她的脸，说再给甜筒上纹个 LOGO 吧，就写"the second day"，初二立刻明白了他的意思，这之后的一切都水到渠成。

社会阅历不太多的初二，面对北极这样的"把妹"大师，抵抗力几乎为零。

5 "姐姐，你这块的皮肤，感觉特别好上色。"初二的手在我的胳膊上揉来摸去，好像在捏一块布料，"你到底什么时候才让我给你整点儿画上去啊？就你自己画的那些咖啡杯盖子上的画，就蛮有意思的。"

"你别妄想了。"我抽回手，惊惧地瞪着她，"我怕疼。"

"不疼，就跟掐你一下没区别。"初二又伸手来够我，试图在我皮肤上掐一下。

看到我求救的眼神，北极大笑着把初二揽进怀里。

他们在一起有一年半了，还是腻得像热恋期，这使得我对北极刮目相看，也对"爱情"的存在更信了半分。

和初二在一起后，北极为了避嫌，外出和人私下会面都会带上她，所以我也渐渐和初二熟悉了起来。

她不是北京本地人，但是凭自己的努力早在限购之前就首付了郊区的一套六十平方米小房子，还把妈妈接过来和自己一起住。她对未来的人生规划也很清楚，在微博上是个有四万粉丝的小网红，她正存钱为将来独自经营纹身工作室做准备。

初二的月收入目前是一万底薪加提成，每个月交了房贷，又给了妈妈买菜钱之后，也不剩下什么，所以她总觉得自己活得"岌岌可危"，稍一晃神，就会万劫不复。"从我住的地方，去上班的地方，来回路程要两个半小时，有时候遇到一些突发状况，四个小时也有可能。"她说，"我经常站在地铁里，被挤得像一只笼子里的鸡，想哭都哭不出来，我觉得我每一秒都得撑着，只要一偷懒，甚至倒下了，房子怎么办？妈妈怎么办？我就完了。"

她的爸爸在她很小的时候就去世了，那之后她就和妈妈相依为命，很长一段时间，她们都是靠在农贸市场捡散场后的剩菜来维持生活。初二被神所分配的命运和养尊处优的北极是完全相反的，即使娃娃脸的她现在笑起来像个不谙世事的学生，当她不笑时，眼神里全是被生活磨砺过后的痕迹。

认识了北极后，初二的人生立即翻天覆地变了，不仅仅是因为爱情，更是因为物质，她从头到脚的衣服，都被北极送了几轮，全部带着她以前只是听说过的 LOGO。随着感情深入，送包送鞋子早已经不足以彰显亲密，北极开始送家具电器，直到初二的房子内部装潢焕然一新。

在初二和北极谈恋爱的两年间，她几乎把全世界都跑了一遍，至于她原计划要为之奋斗半辈子才能拥有的纹身工作室，最近已经开始物色店面。

再见到初二时，她的眼神比初次见面时轻盈了许多，语速也慢了，谈吐气质变得和北极颇为神似，这就是所谓的"夫妻相”吧。

　　一切似乎都在往好的方向发展，但初二的内心却有说不清楚的焦虑感，我看得出来，她越来越依赖北极。

　　“最开始的时候我就知道他有钱，但我没想到他这么有钱。”她讪笑，“我怀疑自己是他历任女朋友里最穷的。”

　　当北极出差时，她就喜欢找我聊天，每次都在反复向我打探他的过去，即使她都已经从各种渠道了解得十分详尽了，但她就是忍不住一再地确认，好像旧伤疤，忍不了那时时乍现的隐痛，更情愿去抠去刮，经历一阵真实的剧痛，反倒叫人安心。

　　“反正有一点你可以放心。”我宽慰她道，“他在你身上花的钱绝对是最多的，这说明什么？他虽然有钱，但也不是冤大头，他计较得很呢，有多喜欢就花多少。”

　　“姐姐……”她轻松地笑起来，伸出手来嗔怪地推一下我，继而又苦笑，“你知道吗？北极的信用卡，每个月要还六万，你觉得他凭自己挣得到这个钱吗？他的那家小公司，就是玩儿的，挣的钱都不够他飞一趟欧洲买包。”

　　我咽下最后一口意面，点点头说：“他以前跟我说过，都是家里给的钱。”

　　“所以他特别怕他爸爸，什么都听他的。”初二也点点头，“北极没有吃过苦……”她话锋一转，“你觉得我们会结婚吗？“

这道题，我答不上来，于是回以沉默。

"我想也许我把纹身工作室经营起来，他再利用他的公司给我做一些网络营销推广，可以成为一家网红工作室？然后我算了一下账，看我最大限度能赚多少钱，再算上他那个公司的收入。"初二的眼神又凝重了一秒，继而自嘲地笑起来，"无论如何也负担不起我们现在的开销。"

"结账吧。"我冲服务生招了招手。

"我来。"她掏出一张信用卡来，抢先递给服务员时，对我说，"北极给我的卡。"

初二离不开北极，已经不仅仅是因为爱情。

6 还没等到北极和哪个人结婚，初二就遇到了一个更迫切的问题，他劈腿了，在他们俩正式开始交往的第七百八十五天。

"该来的，还是来了。"初二有些醉了，涨红着脸，摇晃着手机向我展示上面鲜红的 785 这个数字，然后又灌一口酒，手指在屏幕上乱戳，按下了"终结日"的按钮。

我是不喝酒的，也承担着要看好她的重任，所以我默默喝着苏打水，耳清目明地执行着倾听的工作。

"两三个月前我就觉得不对劲了，他总是跟我提起一个妹子，那姑娘是楼上新搬来的公司的公关，跟他特别有话题。"初二的眼眶通红，搭配熬出来的黑眼圈，在酒吧堪比火狱般忽明忽暗的红色光照下，她的脸犹如油画，而哀伤几乎快要被烘烤得从双眼中流淌下来，她一笑，更显得凄厉，"他甚至还带她和我一起吃过饭。"

当初二感觉北极要出轨时，不用亲眼见证，似乎就能随着他一起走完整段的时间线，从什么时候开始试探，什么时候开始暧昧，当她坐在空无一人的客厅里，突然感觉到他和另一个女人已经上床了的时候，她立即号啕了出来，甚至不需要为自己这凭空的幻想去确认，就哭得天崩地裂了。当然她事后有通过蛛丝马迹去为自己的直觉找到盖棺定论的答案，没有错，他们上床了。

就我身边认识的女性朋友来说，她们在爱情里的直觉从来没有错，一旦有所怀疑，她们就可以闭着眼给男方判刑，从来没有过冤假错案。

初二拨弄着手机，翻出那个姑娘的微博，指着一张照片里放在桌面上的名牌钱包，"这个包，还是我陪北极去挑的，他说是送给他妈的生日礼物。"

接着，她又翻到一张照片，是这个姑娘和一群人聚会，其中有一个男生只有半边胳膊入镜，皮肤上有个甜筒的纹身，

"这一天，他骗我说在天津出差。"

然后是酒店的照片，姑娘刚洗完头，头发湿嗒嗒地披在浴袍上，她笑得很甜地坐在落地窗前，身后是碧绿山水，她的眼神就是在看心爱的男孩。

"北极说要去杭州出差一个礼拜。'初二说，"而她也刚好去杭州度假了一个礼拜，日期完全重叠。"

面对这铁证如山，就算我想出于情谊为北极辩护两句也确实无话可说，我也怕才一张口，初二就仗着酒劲把我当成北极用酒瓶砸，所以我决定自保，什么话也不说。

"那一个礼拜，我天天找他，就一个要求，开视频给我看，他各种推脱，这会不会太明显了？你说他是不是傻？出轨怎么能出得这么粗糙？"初二真是醉得厉害了，她说这话时，竟然露出了宠溺的笑容，"也可能是知道我拿他没办法，懒得对我动脑子。"

"你要和他分手吗？"我小心地问。

她一愣，显然从来没有想过这个问题。过了至少三分钟，她才郑重地说，"我是真的喜欢他。"

当初北极追初二的时候，她和初恋男友刚分手不久，两个人还藕断丝连着，要论感情肯定是对初恋更深，她答应北极的追求，存在着一些赌气的成分。她想得很简单，试试和别人恋爱是什么感觉，反正不合适就分手，也没什么损失。

"他应该是真的喜欢我吧……不然他图我什么呢？我什么都没有。"她困惑地望着我，突然有些惊惧地瞪大了眼睛问，"他会为了那个小三和我分手吗？"

曾经她面对的选择题非常单纯，因为爱情在一起，不爱了就离开，现在她糊涂了，她和他在一起太久，久到模糊了两人的边界，久到她已经融入了他的身体，有太多需要计算的成本，似乎不能再简单地转身。

"不会的，他爱你。"我想哄她，但说的也是心里话，"你对他来说，和别的女人不一样。"只是这话一出口，我就被自己恶心到了，和婆媳电视剧里的外人劝原配要对老公放宽心的口吻真是一模一样，于是我忍不住又补充道，"心里不痛快就分手吧，也不是非得跟他好。"

见到她不说话，我知道她对这个结果不满意，心里有些不耐烦了，"你知道，爱的形式有很多种，人一生只可以爱一个人吗？我们人类存在了几百万年，也还是没搞清楚答案。"我开始胡扯，"你这么爱他，死活离不开他，就接受他犯错，只要他还爱着你，你管他爱别人多还是爱你多，你爱他，是你自己的事情。"

"你是说叫我接受小三吗？"

"反正你要的，就是和他在一起不是吗？"

她一怔，继而狠狠摇头，反复说："不能。我不能接受。"

我看她醉得半个身子瘫在桌上，于是联系北极来接人。

她在彻底昏睡过去之前，口齿不清地嘱咐我："不要让他知道我今天跟你讲了这些事，他是个好面子的人。"

7

夜里的三里屯依旧人来人往，许多人挤在路口打车，北极抱着初二沿着路边慢慢走，说是不急着叫车，让怀里这个醉鬼吹吹风。

"我前段时间劈腿了。"他突然转过脸来对我说，"初二跟你说了吧？"

真是猝不及防，可能他是想通过我的反应来确认答案吧。

"哦？"我模棱两可地回应他。

"你跟她一样，脸上藏不住事。"他放肆地笑起来。

"初二是真的非常喜欢你。"我说，"你们赶紧扯证吧。"

"你知道，我是不可能和她结婚的。"北极不笑了，眼睛看着前方。

"那你打算什么时候和她分手？拖得越久，伤害越深。"

"我和那个女的已经分手了。"他明知道我指的"她"是初二，却回避了话题，自顾自地忏悔起来，"我不知道这一切是怎么发生的，因为太容易了，像是走在冰面上，前面有一个洞，我很自然地就滑了进去，我真是个人渣。"

"你以后还会出轨的。"我说，"你从来没有想过要离开冰面。"

他不置可否。

"你也肯定不会和初二结婚。"我继续说，"但你又离不开她。"

他默认。

"那怎么办呢？"我站定了一个适合打车的位置，一对又一对的情侣们相互勾牵着对方的身体，从我身边走过去，有些奇妙，我感觉自己能从他们的姿态判断出哪些是热恋，而哪些是已婚，当然我也不可能上前去确认，纯粹是自己心里瞎猜着玩儿。

"走一步，看一步。"北极抖了抖手臂，让初二在他怀里躺得更舒服，然后温柔地在她额头上印下一个吻，"反正我们还年轻，我们还有的是时间。"

她是他在这个世上唯一热爱的人——他的神色似在迫使外人相信，也在劝告他自己要坚定不移——他可以在未来为了她去放弃一切，抵挡一切。

黄雀

1 黄雀，三十五岁，是编剧，也是小老板。她的人生非常精彩，可惜我认识她的时候已经来不及参与她的前半生了，不过我猜她的后半生应该也挺具有观赏价值的，我不算迟到太晚。她很喜欢说自己的事，而我是个很好的倾听者，时不时就捧场地"哇"一声，都是发自内心的感叹。

和黄雀认识的场合是我第一次参与剧本会，当时没有经验的我很紧张，为了使自己看起来足够"专业"，于是全程绷着脸。她是个团队小领导，在我发言时一直沉默不语地盯着我，时不时勾起嘴角一笑，因为我是近视眼，被这么长的一张会议桌隔着，我觉得她笑得很意味深长。似乎还没和她说上话，就已经被她讨厌了，这让我很沮丧。

散会之后，她却穿过往门外走的好几十个人，来到我跟前说："你好凶哦。"

她没头没脑的一句话让我一愣。

"你眉头一直皱着。"她嬉笑着动手戳了一下我的眉心。

哪有人第一次见面就这么亲昵？我继续愣着。

"我喜欢你，加个微信吧。"她掏出手机，向我展示了二维码，"扫我一下。"

那之后她就缠上我了，有事没事制造机会也要约我见面，她的眉眼很凛冽，像两片精装的刀子，眼睛看人时直勾勾的，让我很紧张，那眼神似乎总想着从我身上"挖掘"出什么来。

"你有故事吗？"她紧迫地盯着我笑，"我觉得你身上有很多故事。"

后来我才知道她把她自身和身边的一切都写进了剧本里，她一直自称自己是"生活体验家"。"我不会编故事。"她说，"我只会写现成的。"

2 最开始黄雀进入影视圈的目标是成为演员，她是小县城出身，还在上高中时已经在当地小有名气，长得美，唱歌好听，作文也写得好，追她的男同学为了看她一眼，会"翘课"跑到操场上，陪着正在上体育课的她跑八百米，那真是个盛况，黄雀的身后跟着一溜儿男生。因为平时还得靠她领衔学校礼仪队，所以老师对她也很宽容，只要求她成绩保持在中上游就行。

"那我可不膨胀吗？"黄雀瘫坐在我对面，跷着二郎腿回忆往事，"快毕业的时候，我也不想考大学了，什么专业都看不上，觉得大材小用，我应该当大明星，所以跑到北京来了……算是个错误吗？"她自问自答，"也不算吧。"

黄雀是跟着男朋友一起来北京的，她在芸芸众生中选择了这个男生做恋人，首先是因为他家有钱，其次是因为他家有个叔叔在开影视公司——

"什么破公司。"她说，"就一个作坊。"

租的第一个房子是坐落于朝阳区的一室一厅，当时那片地方连大悦城都没有，还是个废墟。黄雀在男朋友的要求下学着做饭，才知道他连一日三餐的外卖都负担不起，所谓的"有钱"，不过是在他们家乡被周遭给衬托的。

"我那时候多傻呀，他每天早上给我带两个鸡蛋一瓶牛奶，我就跟了他。"黄雀笑道，"我一个校花，大老远跑到首都来给人当保姆，这传回去，笑话大了。"

最初，男朋友的叔叔还经常带着黄雀出去见导演和制片人，但是上了酒桌赔笑了一圈又一圈，黄雀也没得到什么机会，大腿倒是给人揾过两次。她着急了，怨天怨地，首先怨男朋友家里没有人脉，开始日日夜夜抓着他吵架，一直吵到了二十二岁。

这天，男朋友买了个华丽的水果蛋糕，把满地的衣服、毛巾和旧杂志踢到一边，小心翼翼地放在地板上给黄雀拍照。等她拍完正在编辑文字准备发QQ空间时，他冷不防地问："要不我们回去吧？"

黄雀漫不经心地回道："要走你走。"末了，她补充，"我不甘心。"

"有什么不甘心的？我们就是这个命，普通人的命。"男朋友发出讪笑，"行了吧，我妈在昨晚的电话里说了，给我们买了间铺子，回家就结婚，生小孩，家里吃穿用的都有，不用你操心，你也算是个大少奶奶了，多好。"

点击了发布，看着屏幕上发光的蛋糕，黄雀放下手机，看着现实中的一地狼藉，她突然火了，冲男朋友大声埋怨起他的叔叔："张志强什么意思？多久没带我去试镜了——"她突然联想到了什么，"是不是你拦着！"

"你够了吧！"男朋友也火了，一拳砸在蛋糕上，"你还以为自己是小公主呢？你不照照镜子看看，你以为你真的有多好看？你也就一普通中上的水平，你怎么好意思？"

黄雀看一眼溅了满地的奶油，瞪圆了眼睛。

"叔叔说，你太老了！"

男朋友的吼声在耳边犹如炸雷，她却在想，这蛋糕花了有两百块，太可惜了。

很快，她彻底认识了北京。这里是一座巨大的绞肉机，永远有更年轻，更美貌，更有才华的肉体，源源不断地被填进来，被搅烂，她在这血肉模糊的漩涡之中，什么也不是，她挣扎的痕迹，很快就会被新鲜的血液给掩盖。

3 和男朋友分手之后，黄雀并没有急于搬离还留有对方气息的出租房，毕竟租金交了两个月，她决定主动出击，就以租期为限，豁出一切去换一线生机。

曾经掐过黄雀大腿的那个导演姓黄，他说他和她"五百年前是一家"，这么老土的客套话，当场就叫她想吐，但她当时忍着恶心回以了一个客服般的得体微笑，如今，她更是忍着恶心敲响了他的房门，回以了一整套的上门维护般的得体服务——

黄雀说完这段，举起双手做投降状自辩："谈恋爱！我跟他那是谈恋爱！"

"换了谁，第一反应都是'潜规则'吧？"我摊开双手，一脸的理所当然。

"我是他女朋友。"黄雀翻个大白眼，"他照顾我天经地义。"

"那你们什么时候分手的？"

黄雀回忆了一下，"杀青之后，差不多又过了三个月吧……"她嘴角一扯，笑得尴尬又有些不屑，似乎挺看不上我这么较真的蠢，"行了啊，少审判我，片场就是个戏台，'露水夫妻'多得很，杀青之后各自飞。潇洒！"

我再一次摊开手，回以"好好，就你有理"的敷衍态度。

第一个角色拿到了，是一部婆媳剧里的女三号，台词很多，她相当满意，也刻苦钻研了一番人物小传，演得非常卖力，就等着播出后，借着势头接更多角色，一路往上走。

"看我的眼睛，做得自然吧？鼻子也是，韩国做的。"黄雀边说话边挪了位置，坐到我身边来拍了拍我的手，示意我可以摸她的脸，"额头，填过那什么，叫自体脂肪还是什么，现在估计消化没了。"

她贴得太近了，我往边上挪了一寸，她索性整个人扑上来，头枕在我肩上叹息，"我还是不后悔。"

第一部电视剧播出后，黄雀的星途并没有如预期般顺利，但她已经可以开始自行接戏。于是她甩了黄导演，又接二连三地演了几部，甚至还唱过两首主题曲——"但是也就那样了。"她说，"二十六七岁的时候，我算是知道，我就这样了。"——然后她开了窍，那天她难得撞见一个跟组的编剧，问了句他写本子多少钱一集，一听到和自己演一集拿的价钱差不多，毅然决然就转行了。

说完了自己的故事，她双手搂住了我的脖子，好像蛇一样缠上来，眼里闪烁着跃动的光，"说说你的事吧？为什么你看起来总是很难过的样子？"

4 认识了黄雀之后，我就一直躲着她，内心隐隐觉得她很可怕，不是会害我的坏人，只是有种她正一步一步逼近、碾压、抽空、挤占我个人空间的那种压迫感，所以我感觉很可怕。

这次来象山开会，又遇见她。她深夜敲我的房门，进来以后就开始说自己的事情。我坐在沙发上，她就贴着我，于是我坐到床上，她又跟过来，最后形成这样她枕在我怀里的情况。

我不是轻易敞开心扉的人，尤其是和她也没见过几面，不熟悉，但是她的身体贴我太近了，我们的心跳声都叠在了一起，她也不慌乱，甚至还用头顶蹭了蹭我的脖子，这安逸的姿态似乎是做足了准备要跟我耗一晚上。

"我这样抱着你，你难受吗？"她眼皮子也不翻一下地问我。

我不想你这么贴着我——心里是那么想的——脱口而出却是"不难受。"因为我没学会如何拒绝别人的好意，她黏着我，大约是喜欢我吧，对于好意，我总是全盘接受，哪怕心里有些别扭。我不想你这么做，但是你喜欢我，那我就容忍你。

得到我的默许后，她又蹭得更近了一些，使得我一度以为她要亲我，但她只是贴着我的耳朵，以很轻的声音在哄我开口说话。

"你怎么会做编剧呀？你一直做这行吗？你会一直住在北京吗？你是个开心的人吗？"她不断地提问，我从一开始的敷衍应付，逐渐变成了一问一答。

周遭好寂静，太静了，好像明天就是世界末日。

这个夜太长了，长到她足够撬开我的肚子，把里面掏干。

"做编剧是我的退路，也是我新的开始。我以前是画画的。我想我可能不会一直住在北京。我不是个开心的人。"

不知不觉，我已经说了很多隐私的事情，我开始掉眼泪，最后决堤，我说了一些我受过的伤，还说了几个名字，是我不得不提前告别的人，我哭到停不下来，而黄雀则抱着我的头，一直在轻声地哄我。

等我情绪平稳后，才看见她的神色非常兴奋，这时候窗外的天也快亮了，我在心里骂了自己一声，又被人撬开了，我这个傻子。

5 那天晚上过去后，黄雀联系我的次数更为频繁，而我也总是找各种理由避开她，但因为手里这个项目，我又不得不一再地撞见她。

她的眼神说她是喜欢我的，但我知道她喜欢的又并不是我这个人，她爱的是我身上可以供她挖掘的悲剧。

这使我想起以前有人对我说，不想看我开心的样子，就喜欢我愁眉苦脸，因为我身上的悲伤气息让人着迷，像是不沾染烟火气的妖怪，一旦我因为满足而露出笑容，我就是凡人了，为物质而动容，落入了俗世里。

可我就想做个凡人，我想做喜剧里的龙套，主角不适合我，那些枪炮、洪水、刀剑、飓风，都与我无关，我年少时也曾经妄想过做英雄，现在我只想做一个开饭馆的老太太，你们要打架你们出去打，你们要死要活别死在我店里，你们去上刀山下火海好了，我可以做一桌山珍海味等你凯旋，大不了不收钱。

黄雀是想做主角的，她有着婴儿的视角，世界的中心是她，一切予取予求，她的情绪起落是最为重要的，她想要，就一定要得到，就像她现在单方面宣布我们是最好的朋友，我是不会反驳的性格，但我知道我心里的中央位置不会有她的立足之处，其实见她第一面就知道了，她可以做朋友，但不会是最好的朋友。

她果然把我的事情写进了剧本，她把很多人的事情都写进了剧本，不过写得并不太好，所以她很快地调整了自己的事业方向，成立了自己的影视工作室，养了几个编剧，从此不再自己动笔。

"我和你说个秘密。"她搂着我的脖子，亲了一口，她总是一逮着我就黏得很紧，似乎想尽力通过身体外部的亲近走进我的身体内部，"我最近疯狂地爱上了一个男人，不过他已经结婚了。"她顿了顿，补充道，"他会为我离婚的。"

6 最后直到黄雀自杀未遂，那个已婚之夫也没有离婚，她以为自杀就能威胁到对方，威胁到命运的走向，全部回到她期待的状态。

她总是这样，想走进别人的心里，却绕着包裹着那颗心的胸骨打转，无论如何也找不到走进去的路。

"我感觉每个人都和我隔着距离，就算是我爸我妈……"仿佛经历过一场浩劫的黄雀，外貌苍老了许多，她以指尖轻轻磨蹭着左手腕上的刀疤，"我有时候回家看着他们忙这忙那，我感觉自己隔着屏幕似的，无论在哪儿，我永远都像个外人，别人的生活里容不下我，我就只配看着。"

黄雀消沉了一段时间后，不出所料的，她把自己的故事写进了新的网剧里，虽然亲身经历的过程已经足够"狗血"了，但平铺直叙地放进剧本里又稍显戏剧冲突不足，毕竟出轨剧情成千上万如出一辙，所以成品播出后也并没有闹出什么值得记忆的水花来。

　　有个姓徐的编剧曾在公开场合点评过黄雀，"她尽力了，她没有才华。"她说，"有的人一生只能写一本书，那就是她一生的故事，那之后就再也写不出来了，她写不出来自己没有经历过的事情，那不是写作，是写日记。"

　　"但是人的一生是很长的，她只写自己的故事也足够了，她是个目的明确的人，也愿意付出代价，拿过来，还回去，写出来的都是真情实感，指不定比多少虚构的作品要高级多少分。"我为黄雀辩了几句，只是显得有些无力，我不擅长说话，最后的总结就更显得有些情绪，"她知道自己要什么，一路上流血流汗也不沮丧、不在意，是，可能她的终点不够高级，那也已经比很多还在找方向的人要强了。"

　　没多久，黄雀解散了自己的影视工作室，因为她家出的剧本售价不高，产量又一直跟不上，渐渐地有些周转不开，养不起几个编剧了，于是她又回到了单打独斗的状态。

　　"我写不出来了。"她说，"我知道有些人看不起我，但是他们又算什么呢？大家都是混口饭吃，谁也别看不起谁。"

　　我们站在风中哆哆嗦嗦地缩着脖子，今天一大早就起来跟组，这是一片废墟，没有行人，摄制组正在搭轨道，风从四面八方来。她从羽绒服袖子里伸出一根手指，划了好几道才解锁手机，给我看一张男人的照片，花臂，小辫子，吐出的舌头上打着舌钉，看起来和她以前喜欢的类型是天壤之别。

我说："又找了个男人准备谈恋爱了。"

她冲我抛个媚眼，"我也挺想试试和女人谈恋爱的。"

我立即往后退了一步，她大笑。

"我想尝试更多的生活方式，我想把我的生命活得……怎么说……"她用拇指和食指比了个手势说，"我想把生命活得厚一些，可是不管我多努力，我还是觉得我很薄。"说完，她的两根手指猛地合拢，像是捏死了一只苍蝇。

"所以你增加厚度的方式是不停地和各种人谈恋爱？"我问。

她愣了一会儿，若有所思地勾着我的胳膊说："我的一辈子只是一个故事，找个有故事的人谈恋爱，我就又得到一个。"

"所以你掏干了他们就换一个？"

"你这话说得，我又没要他们的命。"黄雀笑嘻嘻地撞一下我的腰。

"那你也不要太投入，把自己的命也搭上。"我摸了一下自己的左手腕示意。

"不管你信不信……"她苦笑，"那一次我是真的爱了。"

我不置可否地回以沉默。事实上我并不知道她为爱自杀的那个男人叫什么名字，她可能提过一次，但是大部分时间她都在以"我"字开头，向我详述她有多为爱痴狂，那个男主角更像是一块沉默的幕布，聚光灯永远都在她的身上。

是爱吗？我作为观众只觉得她当时忘了自己在寻找素材，入戏太深。

"龙哥的腿怎么了？"黄雀望着远方一瘸一拐的场记，"伤了？怎么伤的？进组的时候不那样啊。"

"好像是被打了。"我犹豫地说，"我不太清楚。"

黄雀撒开我，边朝场记跑过去边热情地打招呼，"哎！龙哥——"

7

从大阪回来后，我送了黄雀一套在机场买的限定礼盒，算作她三十六岁的生日礼物。她邀请我去她刚装修好的房子里吃饭，那是一套坐落于五环外的三室两厅。

"嘿，你。"她走进客厅冲瘫坐在沙发上看电视的男人叫了一声，"起来。出去楼下买箱啤酒——哦！"她突然想起来，转头问我，"你不喝酒吧？可乐？"

坐在沙发里一动不动的男人挺胖的，也高，像一座人熊雕塑，他转过脸来看我一眼，招了招手，挤出一个笑容，摇晃了一下似乎要站起来。

"不用麻烦了。"我挥了挥手，"我喝水就行。"

男人于是不动了，继续扭头去看电视里正在播出的婆媳剧。

我记得黄雀说过这男人是导演，"以后我写，他拍，他要拍，我写。"她说，"夫妻搭档，干活不累。"

她和他结婚了，没有办酒席，奉子成婚，直接扯了证。

黄雀领着我去厨房，向我演示她切菜的技巧。"不赖吧？三个月的烹饪班不是白上的。"伴随着砧板被菜刀切剁的声音，她颇为豪情万丈地说，"我的人生开始进入新阶段了，事业有成，一家三口。"菜切好了，她边把土豆丝扒拉进碟子里，边回首朝我咧嘴一笑，"你猜猜我下一部戏写什么？"她擦了擦手上的水，轻轻将手搭在自己的腰腹上道，"《我的后半生》。"

鹅姐

1 鹅姐，是个毫无疑义的丑八怪，我忘了她原本叫什么了，因为她大笑起来时，嗓子里会发出"嘎嘎咕咕"的声音，所以就姑且以"鹅姐"代称了。不点名道姓更好，毕竟说一个女生相貌丑陋，是不道德的，在任何公开场合说谁长得丑，都是要被指责的，但是抛却所有的礼貌和情感去客观地评价，她真的丑。

初次见到她的时候，我心里一惊，当时我十六岁，还没有见过太大的世面，互联网也还未普及，一个身高超过一米八的女生站在我面前，对我来说，冲击力真的很大。她该不会是世上最高的人吧？我知道不是，但是这么一堵活生生的墙把阳光给挡住了，被完全笼罩在阴影中的我，难免不产生这样的怀疑。更何况，她还胖，所以她的身高被她的宽度又给往上拉了半米，使她看起来根本就是个巨人。

她有一对杂乱无章的眉毛，和一头干枯的短发，实在是过于漆黑，形成了沥青般的油腻，搭配她一身男士服装，散发出非常浓郁而粗糙的男性气息，以至于她五官中唯一还算精致的眼睛完全被人忽视了，第一眼见到，真以为是个男人，哪怕她开口说话，也是粗重沙哑的声音，可能和她抽烟也有些关系。

鹅姐不是我圈子里的朋友，平时少有接触，但是接连两次因缘际会的见面，激活了我体内小动物般的求生本能：远离她！远离她！我心里这样叫着。第一次见面，我觉得她很恶心；第二次见面，我觉得她很可怕。

直到第三次见面，我觉得她很可怜，由于当时那个画面过于冲击，于是"可怜"最终成为了我对她的唯一印象。

2 第一次和鹅姐见面，是在一次聚会上，在场有许多我认识的人，他们在一个包厢里吃完饭，正在唠嗑，打电话叫我，等我到了以后就可以转移阵地去游戏厅。

于是我穿上宽大的军绿色衬衫和脱色的牛仔裤，对着镜子把服帖的头发揉乱，换上脏兮兮的帆布鞋，把自己弄成"很酷"的样子，满意地出门。

其实我并不喜欢和一群人在一起玩，当时我愿意表现得"合群"，完全是因为我在圈子里很受欢迎，大家对我比较"宠"，算是千依百顺，而这种待遇是我在家里绝对享受不到的。如果家里的十几个成员以"金字塔"结构图来划分，奶奶必然是最上面那个金灿灿的尖尖，而我或许连底层都不是，就连比我小十二岁的表妹都能踩在我头上。我是被埋在泥里的人，是个和家庭氛围格格不入的"怪胎"。

所以我喜欢待在外面，和那些在大人眼里都是"垃圾"的朋友在一起，他们对我是众星捧月，我就是"垃圾"之王。

我对爱的渴望是很低级的——门槛低级——虚情假意也可以，来自"人渣"的，我也要，我想要被爱，被捧在手心里。

当时追求我很简单，"看起来"是人群中最爱我的就行，我收获了一些乌七八糟的爱，还好我不挑剔，靠吸食这些并不真实的"续命丸"维持着活下去的能量。

直到我遇见了真实的爱，让我可以不再"合群"，不再需要虚伪的追捧，甚至爱上自己的古怪。

爱太重要了，虽然见过灿烂夺目的爱之后，我不再能满足于劣质品，但是如果不再能拥有那种琯璨的珍宝，只能再一次回到"垃圾堆"里翻拣不透亮的塑料，我觉得我也可以，什么成分的爱都是爱，没有爱，我活不下去。

很久以后，我才意识到鹅姐的姿态那么丑陋，想要的也不过是爱而已。

迈进包厢门的那瞬间，我第一眼就见到了鹅姐，因为她太显眼了，黑色的运动裤、红色的灯芯绒卫衣，一个人占了三个人的位置，她有一双挥动起来能掀起飓风的大手，两根肥大的手指之间夹着一根燃了一半的香烟。

有个不认识的女生对我发出尖叫，"天啊！我终于见到你了！"她叫出了我的网名，当时我是某个论坛里小有名气的人，正因为朋友说这儿有一个我的小粉丝，我才来的——为了享受被喜爱的感觉来的。

所以我径直朝那个女生走过去，她坐在靠角落的位置，结果中途我被鹅姐拦腰一捞，被她单手轻松地压在怀里，顿时我就涨红了脸，因为太丢人了，我可是一直在朋友们面前维持着"酷"的形象。

鹅姐知道我是女生，但我当时性征不明显，看起来就是个模仿日韩明星打扮的小男生，也因为如此，我才受到同性朋友的"宠"。她一手搂着我，一手挑起我的下巴，故意逗我道："小帅哥，皮肤好白啊。"

朋友们发出看热闹的哄笑，那个"粉丝"也在捂嘴窃笑，这更叫我恼羞成怒，但又不好发作，因为我认出来鹅姐是女生，她的胸部很大，这么显眼的"波涛"和她的宽肩粗腿在一起十分违和。

因为一个女生的玩笑而生气，太不酷了，我只好挤出笑脸，挣了挣身子，她力气太大，我挣不开，于是她又发出好像反派似的狂笑，屋里的人跟着起哄，说了些下流的玩笑话。

"抽烟吗？"她的手伸向自己嘴里叼着的烟问。

为了不被"小看"，平时我都会接过来别人递的烟，这会儿却下意识回答："我不抽——"

哪想到，她不由分说地把烟从自己嘴唇里取出来后，直接递进我嘴里，烟管上那润湿的触感立刻让我起了一身鸡皮疙瘩，想到自己沾了眼前这个人的口水，突然力气也大了，猛地挣脱开，往后退了几步，后腰狠狠地撞在椅子上。

"怕什么？又不会吃了你。"鹅姐伸出舌头把烟管痞里痞气地舔了一下后又重新叼在嘴里，得意洋洋地回首冲在场的人抛出一个玩味的眼神，又惹得笑声四起，她看回我，摸了摸下巴，眼神和动作都像极了饭桌上最油腻的那种中老年男人。

怒火攻心的我已经顾不上面子，恶狠狠地把距离最近的椅子往地上一扒拉，摔出的声响使得室内一阵寂静。

鹅姐这才感到一丝尴尬，赔笑地冲我双手合十道："怎么了，小美女，开不起玩笑？"

叫我过来的朋友也站起来，似要打圆汤，我没有再出声，转身离开了包厢，听得身后一阵困惑的议论声。

3 第二次和鹅姐的见面，大约是半个月后，我知道她在场，但当时聚会的有几十个人，我觉得自己不见得需要和她对话，于是去了。

大家在商场门口集合，为了去电视台面试一档节目，我们这群来自不同学校的人自发组织起来，准备 cosplay（角色扮演）一部漫画作品中的群像，每个人都穿戴着一些简陋的自制装备。

　　鹅姐远远见到我，很是热情地打招呼，她画了很浓的眼线和紫色的口红，半边脸以黑纱罩着，我一时间认不出来她扮演的是哪个角色，想着也不是需要每天相处的人，没必要把关系弄得太僵，于是挥了挥手当回应。

　　站我身边的女生叫轩轩，她提着一个小笼子，里面装着仓鼠，圆滚滚毛茸茸的样子，引得几个人聚了过来。大家正逗弄着，突然一只大手越过所有人的头顶将笼子夺了过去。

　　"好可爱呀！"鹅姐捧着笼子对轩轩说，"用完了以后，送我好不好？"

　　"我想自己养。"轩轩回答。

　　"你多少钱买的？我跟你买呗。"鹅姐追问。

　　"就在前面花鸟市场买的。"轩轩有些慌，抬手指着身后，她不太能应付鹅姐这样霸道的人，语气急了，"很便宜，你自己去买。"

　　鹅姐不悦，却也不气，轩轩那一米五的个头，在她眼里就是个小鸡仔，所以即使轩轩音调高了八度也对她造成不了任何威胁。很显然，她突然起了玩心，只是这玩法有些恶毒，"便宜哦？那倒是，这种东西不值几个钱。"鹅姐用食指勾住笼顶的挂钩，好像风车般将整个笼子呼啦呼啦地甩起来，使得仓鼠发出惊恐的惨叫，"我要是玩坏了，赔给你就是了。"

　　没料到这一画面的轩轩呆若木鸡，其他人挂着凝固的笑容，也不敢吱声。

虽然在场的有男有女，但是没有一个人比鹅姐的块头更大，大家又都是偶尔聚一聚的关系，对她是能躲则躲，平时稍有摩擦，都笑一笑算了，谁也不想惹祸上身。

鹅姐知道所有人都怕她，她的神色告诉我，对此她是既享受又有些失落的，所以才常常做出惊人之举，似在"惩罚"众人的疏离，又似在巩固这恐惧，叫众人的眼光聚焦在她的身上。

她极度地渴望关注，这太容易叫人察觉了，只是大家都装不知道。

"虽然便宜，但也是条小生命，你不也觉得可爱吗？"我不忍心看仓鼠就这么无辜地被玩死，所以壮着胆子上前搭话，脸上还要故作轻松的样子，"你这么弄，它都快晕过去了。"

"哪会这么容易晕哦。"鹅姐接话，手里的动作慢了下来。

"它脑袋小，更容易晕啊。"我边和她说话，边自然地伸手过去接了过来，随手递还给轩轩，对她继续说，"你要是喜欢，等我们面试完了以后，我陪你去买一只更可爱的。"

鹅姐听了这话，突然双手捧着脸，以非常少女的动作向我发嗲道："好呀，好呀，你答应人家了。"

我只能点点头。

4 这个下午，鹅姐一直黏着我，经过两次接触，她应该是注意到只有我"不怕"她，这使得她能在我面前放下强势的伪装，展现她"小女人"的那一面——原来她是真的想做个小女人的——不然也犯不着对我一个"假男生"撒娇。

鹅姐娇羞地说："喂，为什么好多人叫你'老公'？"

"她们叫着好玩的。"我平静地回答。

"那我也叫你'老公'好不好？"她问。

我长出一口气，尽量纹丝不动。

其实我怕她怕得不行，一个她估计能打十个我，但是人家已经对我示弱到这种地步了，我只能挺直了后背，以我单薄的肩膀承受她的头颅碾压。

在后台等待的时候，我刚在长椅上落座，鹅姐就靠过来了，她一米八几的身子，强行倾斜着，整个人好像一座山般垮在我肩上，为了能应对她这扭曲的姿势，我只能使劲拉长自己的上半身，使我的形象不至于被她衬托得太滑稽。

"你这个手链太好看了。"她开始玩弄我的手，摸到了衣袖里埋着的皮革手链，毫不客气地端起我的手腕来感叹，"我觉得好符合我要扮演的角色哦。"

"是我朋友送我的。"我忙不迭说。

"送我嘛，我好喜欢。"她说着，已经开始动手要解开。

"不行，这太对不起我朋友了。"我躲闪，却被她死死搂着。

鹅姐笑嘻嘻道："我跟你买，我给你钱。"

我是真的怕她，抓着我这手的力道，仿佛重达五公斤的手铐陷进了我肉里的感觉，但是我表面又不能显出来怕她，好不容易在这么多人里，她是最尊敬我的，我也更不能显示出自己力气不如她的样子，那也会使她更近一步用力气压制我，言而总之，我不能示弱。

"那好吧。"我故作无所谓地把手链摘下来，"你把钱给我，一百五，我再去买个一样的。"

鹅姐于是松开我的手，接过了手链，高兴地戴在自己的腕上，"先欠着，今天没带钱，下次给你。"

面试很失败，来参加节目的人来自五湖四海，他们的装备精良得好像是从漫画里直接复制出来的一样，我们这一盘散沙被对比得好像穿着破洞裤玩泥巴的幼儿园团队。

这之后，我追问过一次手链钱的事情，鹅姐没有接话，我就没再多问，从此以后彻底避开了有她在的一切场合。

鹅姐没有朋友，所有人都躲着她，我们为了集合方便而创建的 QQ 群里，每当她一说话——通常是求助：比如"谁认识中医""谁有多余的手机号"等——叽叽喳喳的人们立即停止了对话，谁也不愿意接茬，通常直到下一个刚上线的朋友开口打招呼，所有人才再一次叽叽喳喳起来。

5 在第三次见面前，鹅姐在我心里的排名一直浮动于"最讨厌的人"前三名之间，可是这一次见面之后，我立刻原谅了她的一切粗鲁行为。她学着粗糙老爷们儿的样子行事说话，不过是因为破罐破摔，因为她表现出任何有一丝女性化的言行特质，就会因为强烈的违和感而惹得周围人发笑。

我并不知道鹅姐在哪里上学，也不知道她是在读大二的大学生。那天我去那所大学的宿舍是为了找一个编辑，她也是大二在读，在一本青春刊物里做兼职编辑。

编辑和我边聊天边路过一栋一栋的宿舍楼，在路过其中一栋的一楼时，我停住了脚步。那是夏季，为了透风，每一间宿舍的门窗都打开着，我见到鹅姐了，她坐在下铺，哭得厉害，一抽一抽的。

换了平时我肯定躲着她，但今天的她看起来实在是太悲伤了，也不知道是遭遇了什么天崩地裂的事情。于是我不自觉就走了过去，站在门口，牵强地扯出来一个企图安慰她的笑容，却没想到她抬头看了一眼我后，默不做声地转过身去继续哭，一副不认识我的样子。

　　距离上一次见到她虽然已经有半年了，但是她也不至于认不出我来，只能理解为她并不想与我相认。我倒不觉得奇怪，许多人都是有两副面孔的，在朋友们眼里唯我独尊的我，在家人面前却是一副唯唯诺诺的样子。

　　曾经我有一个非常害怕的假设场景，就是我正和朋友们走在街上，一脸得意洋洋地被他们簇拥着，却遭遇了迎面而来的家人——这件事情真实地发生了——遇到的家人，对我的朋友们兴奋地分享我在家里干过的各种出糗的蠢事和事后求饶的谄媚姿态，朋友们听得津津有味，对我露出意味深长的笑容，似在说平时耀武扬威的你"原来也不过如此"。青少年或许多是敏感脆弱，又易于崇拜他人的，我露出难堪的假笑，他们不再崇拜我了，而我碎了。

　　大约二十岁以后我才意识到在朋友面前装酷并不是我真的酷，而我的家人也并没有什么值得我害怕的地方，于是脱去了"炸毛"的伪装，甚至在网络上展现的自己也和现实中一模一样，朋友圈对家人、粉丝和同事都是打开的状态，在任何人面前，我都是那个易碎的我。

　　我不够聪明，也不够笨，我有无限的温柔和无用的善良，我脆弱，又自私，我不会再高看自己，也不会再轻视别人，我是凡人，谁不是凡人，我都承认了，人到中年，已经完全可以接受自己的不完美，或许是看开了，也或许只是累了。

"怎么了？见到朋友了？"编辑在身后问我。

鹅姐寝室里有三个女生，她们各自待在自己的床上，有的在聊电话，有的在看书，似乎都对正在抽泣的室友视若无睹，但她们都注意到了我这个外来者，投以询问的目光。

我回过身去对编辑说："看错了。"

离开了那栋宿舍，编辑边走边八卦地问道，"你认识那个鹅姐？"

"不算认识，只是见过面。"我如实回答。

"她可是个本校奇葩，你知道她为什么哭？她从早上哭到现在了，一点破事传得全校都知道了。"编辑做出恶心的样子，捂着胸口说，"她昨晚上被人破处了。"

我一愣，不知道接什么话，于是试探地问："报警了吗？"

编辑"噗嗤"一声地笑出来，还推了我一把，"她主动的啊，不然谁敢动她。"

见我一脸困惑，她绘声绘色地把来龙去脉讲给我听。

6 鹅姐虽然生得那样的大块头，却酷爱读台湾言情小说，床头的书堆成了小山，学校外的租书摊子也被她借阅了个遍。无论在上课还是在午休时间，她无时无刻不捧着本小说在看，陷入了俊男美女的浪漫爱情故事里不能自拔，每天都在幻想自己未来的男朋友是多么英俊专情。她给几十个长得帅的男同学写过情书，并无数次要求别人给她介绍男朋友。

久而久之，全校师生都对她有所耳闻，鹅姐被传成了"精神不正常"的"花痴"，本来就没有朋友的她，更是叫人望而却步。

太想谈恋爱的鹅姐，终于在全宿舍的舍友都找到了男朋友后，爆发了。

她立刻通过网络聊天室找到一个男人，当晚在校外三十块一晚的房间里把自己"献了出去"，对方是个快三十岁的无业游民，又丑又臭，对她却嫌弃得不行，匆匆完事以后便倒头大睡。

天亮之后，鹅姐回到宿舍，最开始还得意地炫耀了几句，说着说着就哭了，越哭越凶，把事实都抖了出来，甚至于床上的细节。她埋怨这个陌生人对她有多粗鲁又敷衍，"这可是我的第一次啊！"她反复地强调。

　　她一遍又一遍地哭着复述昨晚上发生的事情，每一个路过她们宿舍的人都忍不住驻足，直到每一个人都听说了她的事情，"那个丑八怪的新笑话"又立刻传遍了学校。

　　听完之后，我感觉胃里沉甸甸的，像是被塞进了很多化不开的水泥石子，"咯啦咯啦"地摩擦着，让我想要呕吐，"那她……"我半晌才忍不住惋惜道，"好可怜啊。"

　　"有吗？还不是自己作的？"编辑一脸不可置信地看着我，"可怜之人必有可恨之处。"

　　7 大约半年后，我再一次听说鹅姐，是因为圈内一个小名人，他是一本青少年杂志的编辑，长得非常帅，美中不足的就是个子娇小，还有一个非常土的笔名叫"精灵王子"。

　　我是在各大网站浏览约稿信息时，跳转去了他那个叫"精灵城堡"的博客，里面全部是他公开的个人日记，两三天就会有一篇，每一篇都很长，都是流水账，当天发生了什么，天气、环境和心情，都交代得很清楚。

　　其中有一篇是他参加聚会的照片，我在一桌十几个人里看到了熟悉的侧脸，是鹅姐。她被这个"精灵王子"用红圈

圈了出来，"这个女的，对我一见钟情，被她爱上是对我的羞辱。"他在日记里这么说。

那之后的日记里，每一篇，他都在详述鹅姐有多么迷恋他，已经到了愿意为他赴汤蹈火的地步，直到他终于被感动了，决定试试看和她交往，"我倒想试试看，她是真的在用生命爱我吗？"他轻佻地写道。

这个"精灵王子"非常自恋，从博客里满屏的"自拍"照片可以看出来，毕竟他是真的相貌俊美，在我们搞文艺创作的圈子里也算声名远播。一时间，大家都知道了他和鹅姐交往的事情，每个人都感叹，鹅姐真是有志者事竟成的典范，终于"癞蛤蟆吃上了天鹅肉"。

"说是天鹅肉也不至于吧？"我在QQ里对他们抗议，"顶多算是苍蝇肉。"

因为这个帅哥除了脸其他的一无是处，为人言行甚至非常讨厌。

"那倒也是，他都多大了，还从来没见谈过女朋友……"有人接话。

另一个人打断道："谈过的，不止一个，每一个都忍受不了他，因为他太奇怪了，而且非常自私，除了自己不会关心任何人。"

"他太好笑了，你是没见过他。"有个人对我说，"他一个大男人随身带着面镜子，每五分钟就掏出来照一照，神经兮兮的，恐怖死了，可能他在世界上唯一爱的人就是自己。"

"说起来他是想当作家，结果一直被退稿，最后才当的编辑吧？"又有人说，"你们有谁的稿子是从他手里过的吗？"

一串"没有"的回复之后，大家各自聊起来下个月将要在哪本杂志发表文章，便翻过了这个话题。

没两天，QQ 群里的人就爆发出刷屏的狂笑，他们叫每一个刚上线的人立刻去看"精灵王子"的博客——他终于和鹅姐睡在一起了，并详细记载了自己悔不当初的心情。

那是一篇长长的辱骂文，他觉得自己亏大了，因为他是个处男，他说鹅姐"狡猾""歹毒"，设下奸计灌醉他后"乘人之危"，等他早上醒来，头痛欲裂，掀开被子——"看见了一头裸体的猪，顿时感到恶心得天旋地转，去厕所里吐了。"——这段是他的原话，我看了以后，久久都忘不了，我从来没有见过哪个男人在和一个姑娘发生关系后，能写出这样恶毒的事后文章。

离奇的是，他们闹了一次分手后又复合了，直到我离开老家，彻底失去鹅姐的消息之前，她和他依旧在一起，至于那个博客则早就不再更新了，之前的旧文也已经全部删除。

　　也许这么古怪讨嫌的男人，这世上也只有鹅姐会掏心掏肺地爱他。

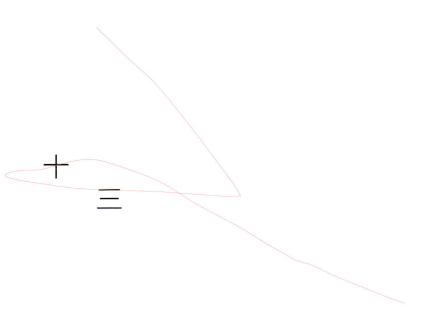

十

三

十三，真名叫什么，我不知道，认识他的时候，大家都叫他十三，和他的生日或是学号什么的都无关，因为他"十三点"——笨——所以才得了这个外号。我觉得挺奇怪的，因为他并不笨，他只是经常处于狂暴状态，看起来更像是精神有问题，可能是一种狂躁症，不过我知道他是个好人，专情的人都是好人。

"杀手"，真名叫杨真诚，我猜她爸妈大约是曾经干过什么坏事，决定生了孩子以后洗心革面所以才给她取了这么个名字，她是十三第一个也是最后一个女朋友，杀手之所以得此花名，是因为她有暴力倾向，一言不合就动手。

通常我不会对任何情侣的关系做断言，但十三和杀手这一对，一定会天荒地老，毕竟除了对方，没有谁会选择他们这样的"神经病"当伴侣。

这两人相互都是初恋，分分合合闹了数次，但从来没有谈过新对象，床上来来回回都是同一个人的话，真算不上分手，只能算打情骂俏。

谈恋爱，还是应该找臭味相投的人，因为你丑陋，古怪，有病，没有人要你，我要你，离了我，你兜兜转转，还是会回来，狼狈为奸的坏人更不容易散伙。

2 杀手和十三相识的那一天，大地被白雪覆盖，学校等学生都来校了以后才通知今天不上课了。杀手于是骑着单车往家的方向去，但她不是太想回家，难得父母不知道她得了一整天的空闲，应该全耗在外面，于是她双脚往积雪里一插，站在大风里掏出手机思索要找谁一起混。

当时她的单车是停靠在路边的，一台轿车从她身后直接撞了上去，因为路面湿滑，所以司机也控制不住，好在速度不快，杀手只是身子往前倾了一下，额头撞在电线杆上。

　　司机是个膀大腰圆的大叔，他下了车后先是检查自己的保险杠，然后指着杀手说了些推卸责任的埋怨话。杀手的情绪并没有酝酿太久，她的身高只有一米五出头，愤怒却使她看起来像一枚"小炮弹"，她沉默不语地转过身，把单车傍着电线杆，然后捡起了地上的一块砖头。司机还在那里骂，全然没意识到这个头顶只到他胸口的女学生想干什么——

　　那块砖头被杀手恶狠狠地砸在了他轿车的挡风玻璃上。

　　十三路过的时候，司机拽着杀手的校服不让走，正在威胁她叫家长，瘦小的她穿着宽大的校服，风从袖口里灌进去，把胸口吹得鼓鼓囊囊，好像她在气鼓鼓地大喘气。

　　听明白了事情经过后，十三走过去想和司机讲道理，正在气头上的司机见到穿着同样校服的男学生，似乎终于逮到了一个可以撒气的对象，语气更不友好，手上推搡的动作也多了起来。

　　"那我赔你！我赔你行了嘛！"拉扯没有持续几分钟，十三就发了狂，还是那块砖头，被他捡起来，猛地拍在了脑门上，力气一丝也没省，顿时血糊了满脸。

　　司机怔住了，没料想三十年一遇的大雪天里，接连遇见了两个未成年神经病，他忙不迭钻回车里，好像见了鬼般心虚，嘴里不干不净地倒车离开了。

　　事情就这么解决了，杀手也没有道谢，她只是拍了拍自行车后座，示意十三上来。十三可能是脑子拍坏了，没理她，径直往前走，杀手推着车跟了五十米后，强行拉着他上车，但是她个子小，蹬不动一个男生的体重，于是十三就双腿很是配合地划拉着往前蹭，最后在那片雪地里留下了一串艳丽的血迹和奇怪的脚印。

　　3"后来我们去了一个小区里的诊所，给他消毒，缝针，包扎，花了我几十块吧，结果我也没捞着什么便宜，还不如赔别人一块玻璃。"杀手说这话的时候，正在把碗里的葱花挑出来毫不客气地丢在我碗里，"但是他捞着便宜了，得了我这么好的老婆。"

　　眼前的杀手十九岁，初中毕业后读了职高学服装设计，还是那么小的个子，一身花里花哨的打扮，手腕上戴着一块米奇卡通手表，没了印着"十四中"的校服，不论从背面还是正面看，都叫人误会她是个小学生。

　　十三也追着她读了同一所学校，选的是烹饪，两个人在大雪天相遇后，就迅速默认了情侣关系，连告白的步骤也没有，一切自然得就像春暖花开、倦鸟归巢，他俩选择了彼此并非出于一见钟情，更像订了娃娃亲似的顺理成章。

　　还没来得及吃上我碗里的第一口面，一个胖乎乎的男人重重地落座在我右手边的位置。这面店里统共有四张大方桌子，每张都坐了人，他进了门后便利索地坐在了门口的座位本无可厚非，错的是他对面坐着的人是杀手。

　　胖子呼哧带喘地伸出胖手从餐巾纸盒里接连扯出一把纸，动作粗鲁地开始擦脖颈到额头的汗，一阵阵的吐息，吹得杀手的刘海都颤了颤。

　　我看着杀手双眼里毫不遮掩的杀气，估摸她下一秒该掀桌子了，好在她只是非常大声地"啧"了一声，端起碗，换到了只有一个姑娘坐着的另一桌。胖子顿住了动作，因为她的嫌恶实在是过于明显，就差没直接吐口水在他脸上。

　　要知道班上有个狐臭姑娘，每次挽着我说话时，我都保持了得体的微笑，像杀手这么堂而皇之羞辱无辜路人的事，换了我是下辈子也做不出来。

　　没有挪动的我，决心留下来安慰这位胖大哥，可是没心没肺的杀手却超大声地直呼我道："愣着干吗呢？过来，不怕被熏死啊。"

　　这一喊，所有人都齐刷刷回以了注目礼，贴墙坐的我只好站起来，对他说："麻烦让我过一下。"

　　他也是怔了，往前蹭了蹭椅子，我的腿经过他后背时能感受到一阵滚烫的潮气，我不知道胖子此刻的心理活动是怎样的，反正这十来秒对我来说尴尬得如同在操场被全校围观跑四百米垫底。

最后我这碗牛肉面吃得有些味同嚼蜡，倒是杀手吃得香，面汤也快喝完了，但是那个胖子吃得比我们都快，他匆匆忙忙起身时故意摔筷子踢椅子，弄出很大的动静以示抗议，可惜杀手一副事不关己的样子，头也没抬。

杀手见我放下了筷子，于是挑走了我碗里的牛肉片，我叹口气："你的性格真的很差，迟早把自己作死。"

她一撇嘴，迟疑地把肉片又递回来，见我挥了挥手，她立即塞进了嘴里。

"你就这么按不住火，非得遇着什么事情就立即发作？"我担忧地问，"要是遇见不好惹的人怎么办？"

"再不好也是人。"她咧嘴一笑，"大不了一命换一命。"

"忍一下会死啊？"我觉得好气又好笑，"你的命就这么不值钱？"

"忍不了。"她咂咂嘴，"光是活着就够遭罪了，有脾气还不让发？讨厌也不给说，我还算人吗？"

"就因为你是人，才得忍。"我说，"忍不了的那是动物。"

"人有什么好的？做动物更快活，我乐意。"她擦了嘴，开始掏钱，掏了半晌就三块钱，而这面是五块一碗，她于是抱怨起来，"真不知道我的钱都上哪儿去了，恨不能家里是印钞票的。"

"那是犯法的。"我掏出钱来，替她一起买了单。

4 这不是我第一次为杀手买单了，此时是 2003 年，比起一穷二白的狐朋狗友们，我在这泥沼圈子里算是小财主，虽然我家每个月给的生活费不多，但我已经在给固定的杂志供稿，时不时收到几十到上千的稿费，足够我零花。

正因为如此，我被人当提款机了，其中有个叫草毒的男生最可气。我人生中有几件后悔的事情，其中之一就是帮他去追一个实验中学的好女孩，那是个乖乖女，不应该和我们这样的人混在一起的。

乖乖女是经不起坏小子引诱的，因为他带来的世界观实在是太新奇刺激了，那种腐烂颓废的气息，和那只知道打球的班长身上清新得有些无聊的气质，对比起来就是三点一线的循环和掘地三尺的冒险。

但是乖乖女会长大的，等她进了社会就知道，恶臭到处都是，而纯净水才是生活的必备品。

草毒经常利用我对乖乖女的担心，从我身上占便宜，原本我已经开始疏远他了，却时不时收到乖乖女"快来，有急事找你"的短信。最后一次，去了网吧以后，我见到乖乖女很自然地坐在草毒的腿上，圈着他的脖子，已经不再是我曾经认识的青涩模样。草毒头也不回地叫我帮忙付款，他这么坑我已经不是一两回了。我气鼓鼓地站在俩人身后看了一会儿他们打游戏，以判断他们到底有没有愧疚心——没有——于是我扭头走了，把两个人的手机号都拉黑了。

再后来我听说乖乖女把草毒甩了，意料之中，现在回想起来，她可能也不是被玩弄的那一个，因为她后来考上了好学校，人生进程完全没耽误，草毒更像是她乏味生活中随手捡的廉价玩具，爽完就扔了。

虽然类似草毒这样的"坑友"在我身边有很多，但杀手和十三是不一样的。他们不是有意算计我，也不会害我，他们没有那个心眼，讨厌就是讨厌，没钱就是没钱，"有我罩着你"这话也不是吹牛。

如果我被欺负了，只要找杀手哭一嗓子，她会带着十三提刀去报仇，曾经她向我展示过一把利器，明晃晃地放在她的书包里，我没有问过她这要来干什么，因为我不想惹麻烦。

只要偶尔花上几十块、几百块的钱"请客"，就换来她和十三的义气相挺，这是挺划算的交易，不过他们对我有真情吗？也没那么深刻，他们只是不觉得人命值钱，也不觉得自己的生命有多脆弱，他们太年轻，又或是太笨了。

　　他们迟早有天会出事，不是成为罪犯，就是受害者，我感觉就在下一刻。每一刻，我看他们太笨了，我看学校的老师也太笨了，还有街上所有为生活所缚的大人，我要摆脱他们，我的人生是不需要他们的，没有这些笨蛋的容身之处。

　　我随时做好了甩开杀手和十三的准备，丝毫也不会内疚，他们也是，他们不会为任何突然告别的人伤感，他们俩就是彼此的世界。

5　　走出面店，我和杀手站在树荫下等十三，知了声此起彼伏，我感觉自己胸口像盛了一碗汗水。杀手一直在骂骂咧咧，好像有个名为夏天的东西具象化在眼前，她总是因为周遭的人、事、物不符合自己的理想而发怒。

　　"你有没有觉得凉快了？"我嘲讽她。

　　"我解恨啊。"她翻个白眼说。

　　她虽然怨气重，但她开心的时刻也笑得很痛快，是一个淋漓尽致的人。十三从远处骑着自行车来了，她的眉头立刻舒展开，笑得太夸张了，好像被切除了脑前额叶的舒淇，又美丽，又傻缺。

　　十三穿着敞开的厨师制服，身上的痞气让他看起来像在厨房做卧底的香港"马仔"，他的左手小拇指和无名指还缠着纱布和固定板，使得他握在车把上的手看起来好像一只白鸽子。

这两根手指是十三自己掰断的，那是在杀手过生日的晚上，当时我也在场，此外还有三个朋友。凌晨三点的街上，大家刚离开 KTV，吃过了宵夜，正走着．杀手和十三突然争吵起来。在我听来不过是鸡毛蒜皮的事情，但是这对情侣的杀伤力堪比楼宇爆破，果不其然，杀手开始对马路边的垃圾桶拳打脚踢，我和其他人立刻躲远了一些．十三却是迎头而上，莫名其妙地挡在垃圾桶前面收下了杀手全部的招式。

虽然一直在挨打，但是十三狂躁的肢体动作好像杀猪的屠夫，我们总是担心他以后会家暴，不过至今都没发生过，所以虽然他"十三点"，但他守得住一个原则：老婆决不能打。

他气急败坏时，就打自己，为了结束这场纷争，他掰断了自己两根手指——我至今都很惊叹——这究竟是怎么办到的？打耳洞我都痛得想喊停。

这个清晨，我为十三垫付了急诊医疗费，而杀手则认清了一个事实：十三是一条贱命，但她是他的珍宝。

伤了手的十三并没有耽误烹饪课，他有厨艺天赋，我曾经见过他的雕花，是很复杂的"盘龙戏珠"。

十三在我们跟前刹住车后，把车把上挂着的塑料袋递了过来，满满一包刺猬形状的馒头，他努努嘴，似在问我们吃过饭了吗？这个人话少到经常被人误以为是哑巴。

"还烫着呢。"杀手接过袋子，对着我敞开，"尝尝。"

"不是刚吃过饭？"我皱眉，还是拿了一个。

这是个只有小笼包那么大的和面馒头，时隔十年，我都记得它的味道，表皮光滑，咬下去时非常柔软，有非常合适的湿度却也充满了空气，所以缺了口的馒头可以立即回弹成蓬松状，口腔里慢慢充盈了面粉发酵的天然甜味，这是我这辈子吃过最好吃的馒头。

"我说，这馒头超好吃啊。"我嘴里还鼓鼓囊囊就忍不住赞美十三了，"我能一口吃十个。"

十三冲我傻笑，有些得意地耸了耸肩，杀手于是把整袋都塞我手里，我也不推辞，带回家去给家里人尝尝，果然都说好吃。那之后，十三还送过我一些他上课时做的月饼和粽子。

"你毕业了就走？"杀手问我，"你要去哪儿？"

"等不到毕业了，我马上就想走。"我说，"我想去上海，也可能去广州。"

"广州好啊，我们也想去。"杀手坐上十三的后座，搂着他的腰对我笑，"到时候见。"

　　他俩的未来，我几乎已经能看见了。十三穿着发黄的厨师制服在油污呛人的后厨里颠锅，杀手可能就在餐厅大堂里当服务生，两人的目标是赚够了钱开夫妻店。

　　他们不会在一线城市定居，估计就是在三四线城市，开店应该不会很难。那间店有可能就是一间底层民房改装的，地板油腻腻，因为杀手很懒，她只会瘫坐在收银台里点钞，有空就骂骂来打工的服务员，偶尔因为找茬的客人，抓起电话机或者随便什么能用来砸头的东西就冲出去。在厨房里剁肉的十三，也会举着菜刀出来护妻，如果他们没有惹出太大的事端，他们的孩子们不多久就会出生，在店前的空地玩耍，由于父母的耳濡目染，成长为学校里的小霸王。

　　"我要生很多孩子，热闹。"杀手曾经说过，"先生个男孩儿，是哥哥，再有个妹妹，然后再生一对龙凤胎，最后生到我生不动为止。"

　　我打断她的幻想道："有计划生育的。"

　　她没搭理我，继续枕着十三的肩膀，抽一口烟，故意往我脸上吐，被我嫌弃地挥手躲开，她笑起来，"你和我们不是一路人。你很聪明。"

　　"我知道啊。"我向后仰倒在沙发里，得意地跷起二郎腿。

"像我们这样的人，就是纯粹活着，也没什么事好做，可能就是生小孩了。"她继续说，"指不定我生的崽子会比你聪明，她不聪明也行，子子孙孙无穷匮也，总会有个小东西给我争口气。"

"我们办酒的时候……"十三把娇小的杀手往怀里压了压，使得她整个人都融进了阴影里，他的嗓音有些神经质的尖锐，"发喜帖给你。"

我点点头，但是没看他的眼睛，因为我不确定若干年后，我还想不想和这一对疯子有关联。

6 刚到北京的时候，我过得很不好，早市的煎饼从一块五涨到了五块五，地摊上买的拖鞋穿了两天就从中间断开，曾经干吃不胖的我，因为压力和不健康的饮食习惯，全身浮肿成了一个丑陋的胖子。从里到外，我身上已经没有任何值得一提的闪光点了。

一天更比一天磨人的生活告诉我，其实杀手和我都误会了，我一点儿也不聪明。我已经活得足够斤斤计较了，看不起所有为活着而活的笨蛋，而我如今却为了吃得起涨价的煎饼，为出版商写着一本又一本没有署名权的书，如果足够聪明的话，我怎么会沦落到成为一个与作家背道而驰的"枪手"？

原来我也不过是个笨蛋。

　　窘迫的经济情况直到 2011 年才开始出现好转，虽然我依旧不够富裕，但一个婚礼红包还是包得起。我想起了杀手和十三，也许他们的孩子已经上小学了，那我也可以在回老家过年时，包一个压岁钱给他们那个聪明的小孩。

　　电脑屏幕上正播放着《天生杀人狂》，里面的米基和梅乐丽是两个抱团疗伤的变态，他们是凭本能驱使的杀人狂。讨厌，杀；喜欢，不杀；碍眼，杀；心情不错，不杀。

　　看影评，大家的观影体验有好有坏，觉得这部片子很差劲的人，代入了秩序道德感，很是不适，而觉得很爽的人，则是在现实生活过得很憋屈，很想抛下一切，随心所欲，但是他们又想长寿平安，所以也只能在脑内假想一下，因为被欲望左右的，都是短命的人。

　　这个电影的结尾，被判了死刑的米基和梅乐丽从监狱里跑了出来，他们甚至还生了孩子，开着房车在公路上流浪，画面被笼罩上一片甜腻的金黄色。

　　大开杀戒还能长命百岁，简直就是猩红童话，不愧是反主流的邪典电影，只是我认识的十三和杀手却不是活在电影里的人。

　　因为我已经换过了手机号，所以我只能通过 QQ 来试着找到他们，给十三和杀手留言，但他俩这灰色的头像好像蒙了尘，似乎这两串八位数的号码很久没用了。于是我又尝试搜索校园网里的班级群，终于找到了一个人有他俩的消息。

　　——十三？你不知道吗？
　　——？
　　——名人啊，上过新闻的。
　　——？？？
　　——他杀了人，判了死缓。

　　我离开家乡后不久，十三和杀手在打桌球时与一伙人发生冲突，斗殴过程中有个人被十三失手打死了。

　　——杨真诚？不知道，不过我听说她在十三蹲监狱的时候还跟他结婚了。联系方式？我没有。
　　——这样啊，好，谢谢。

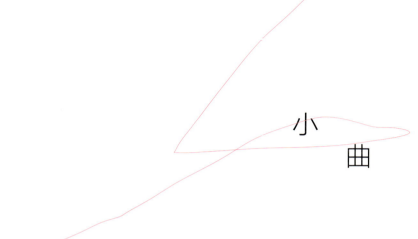

小
曲

1 小曲，是我认识的人里交过最多男朋友的女生。她大约是十九岁时染上的性病，这时候我已经开始疏远她了，曾经她是我在学校里最亲密的朋友之一。

这里是一所职高，五年连读后拿的是大专学历。我初中成绩一般，也就够上一所一般的高中，当时我很叛逆，不想再读书了，只想学画画，闹了好几次，我以自杀威胁，奶奶就拉着我的胳膊叫我从窗户跳出去，结果我也没有跳下去，还是如愿去读了"美术设计"专业，家里人断定我"无药可救"，基本是个"废物"了。

　　说实话，我走进校门之前，是打心眼里想学好，并做点什么的，自信自己从这所学校里走出来之后，会完成华丽的逆袭，成为一个了不起的人物，震住所有人。

　　开学不到一个月，我就学坏了。这个学校给了我人生里最混的五年，却也启迪了我，造就了今天这个姑且还叫我满意的我。所以想要一个艺术家，就把孩子送进狂欢游乐园，但是有很大概率会得到一个傻子或疯子，想要一个百分百的正经人，还是得好好地送去正经的靠谱学校。

　　之所以有最混的岁月，都是因为我混了些最混的人，在他们的簇拥推搡下，我差点走上一条混乱不堪的脏路。小曲是跟着我混的，她是个旁观者、追随者，在我的记忆里，她总是在笑，有些痴痴的，在自己或是他人的命运里，她不做选择，也不参与，她永远都只是站在路边上，若有所思地看着人来人往，当谁与她空洞的视线对上时，她又露出痴痴的笑。

　　最开始我猜不到她不笑时和笑时都在想什么，后来我才知道她什么也没想。

2 最开始我还每天老实地去上课，渐渐就开始钻空子，因为这里很自由，无论是阶梯教室里还是画室里的课，老师都不点名，更因为老师们很宠我——这可是我在初中时从没享受过的待遇——这里不看学科成绩，受到偏爱的都是偏才，我仗着发表过几篇文章和几幅画，被老师们认定了将来会是个人物。

当时混在学校可比闲在家里舒服，因为家人们拿我当个"中专生"，而老师们拿我当个"天才"，所以我每天放学后都拖拉着回家的时间。

不去上课的时候我也没干坏事，就是瞎混，有时候和狐朋狗友泡网吧、压马路，大部分时间里我还是在学校待着，却不去上课，因为我觉得别人那么努力，我却依旧是画得最好的，很酷，是叛逆的，特别的。

小曲是隔壁班的，我的仰慕者之一，因为我总是和大家敬畏的老师们勾肩搭背，所以在校内已经有些名气了。那天我睡到流口水了才猛然从课桌上弹起来，就看见空无一人的教室里，她坐在我对面，笑眯眯地看着我，也不知道看了多久。

同学们都去画室了，我擦掉口水，左右看一圈后问她："你就是小曲？"

她曾经好几次和同学经过我们班窗外，就为了偷看我，也托人带过纸条给我，说她很喜欢我，想和我交朋友。

她点点头，一阵沉默后，我也不知道再说什么，就站起来往外走，她就跟着，开始和我有一搭没一搭地说话。

"我很喜欢你。"

"嗯嗯。"

"我觉得你很酷——"

"哦？"我有些得意地看她一眼，因为"酷"是我很努力经营的形象，很高兴有人买账。

"可以和你交朋友吗？"

我打量她，其实我早就在心里同意了，因为她很漂亮，不是那种冲击灵魂的大美人，是一种青春少女的活力美。白皮肤衬得嘴唇饱满鲜红，眼睛黑亮湿润，虽然个子不高但是比例很好，不瘦，但也不胖，是那种会让人觉得抱起来暖洋洋的体型，此时的她十七岁，是有资本当明星的，虽然没有国内女明星那种大方端庄的存在感，却很像日本少女偶像团体的一员，比起"美"，还是用"漂亮"来形容比较合适。

"唔嗯……"我敷衍她，继续头也不回地往前走，因为直接答应的话，又和我的"酷"相违背了。

她亦步亦趋地跟着我，说着一些无聊的废话，一直跟着我走出校门，去到小卖部，她抢先付掉了我手里饮料的钱，然后搂着我的脖子对老板娘说："这是我最好的朋友！我们是不是很般配？"

老板娘跟她似乎是认识的，友善地大笑起来，无论是老板娘的反应，还是小曲说的话，这一切看在我眼里都莫名其妙。

从这天开始，小曲就一直黏着我了。

3

后来我才知道小卖部老板娘在笑什么，她以为我是个男生。

当时我是短发，在这座南方小城里，个子比许多男生还要高，穿宽大的男士格子衬衫，性征几乎没有，嗓音也低沉。原来很多女同学跑到班上偷看我，是误以为我是"小帅哥"，而我在校内之所以小有名气，也是因为我这个"帅哥"身边总是有好几个女同学跟着，我还跟她们"卿卿我我"的，跟古时候的地主家儿子一般痞。当然，后来女同学们都知道我是女生了，但也不妨碍她们依旧觉得我是"小帅哥"，反正看起来像就行了，对我也没有进一步企图。

小曲最开始相中我是想让我做男朋友的，知道我是女的以后倒也不算很失望，依旧想和我做朋友，反正看起来像个帅哥，让她很有面子。

"你看。"她挽着我，路过一面橱窗时站定了，指着窗面上的倒影说，"我们真的好般配。"说完，自顾自地笑起来。

"你以后想做什么啊？"我问她。

"啊？"

"我想当个作家，或者漫画家，最重要的是，我要离开这里。"我说，"我是一定要离开这里的，毕业了就走，我想去上海，或者广州，海南也不错。"——当时我理想的城市都是潮湿的——后来没料想自己去了北京。

我很喜欢聊以后的事情，因为我对眼前实在是太不满了，我几乎逮着一个人就聊自己理想的未来，然后出于礼貌，也问一句，"你以后想做什么啊？"

其实我对别人以后想做什么，并没有兴趣知道。

我又问了一遍，小曲迷茫地看着我，"为什么要想以后的事？"

我有些嫌弃地皱眉，当时的我很狂妄，对所有人的不屑写在脸上，又问了她一遍，这次的语气里带着批评的味道，很明显看不起她，没有理想的人。

她不回答，只是傻笑，然后踮起脚，亲了我一下。

4 这时候我十七岁，对恋爱还没开窍，心里装的全是波澜壮阔又虚无缥缈的东西，但是小曲已经开窍了，她对性很好奇，也急于探索性别的秘密。

从小学开始，我身边的女孩们就比我早熟，即使我身高蹿得飞快，比她们高出一大截，但她们还是嫌弃小孩似的甩开我，围成一圈偷偷摸摸聊些暧昧的话题。等我一靠上去，她们立即不再说了，然后轻佻地斜我一眼，这行为看起来很有"大人"姿态，让我摸不着头脑又憧憬。

小曲总是对我动手动脚，很显然她在确认自己以外的人有着什么样的身体，以此来调节对自己的认知。她很娇小，所以总是在我怀里待着，她自己钻进来的，然后拉长我的手臂让我圈住她。

她经常惹怒我，有一次她突然"咬"我脖子，留下一个吻痕，这件事情让我大发雷霆，但她只是傻笑。结果我在画室里就被一个男老师语气挑逗地取笑了。他什么也没说，只是瞄了一眼我的脖子，然后眼里迸射出光来，变着调子叫了一声我的名字，这个事件让我更讨厌小曲了。

论到喜欢和讨厌，我对小曲的感情是绝对倾向于讨厌，但有时候又掺杂着喜欢，因为她无限地依赖我，而且为我着迷。

"你就像月亮。"她对我说这句话时，因为非常的真诚而显得丝毫也不肉麻。

没有人会讨厌仰慕自己的人。

很长一段时间里，小曲就像依附在我身体上生长，直到她交了第一个男朋友。

5我去过小曲的家许多次，见过她的父母，是普通上班族，对我很友好，留我在他们家里吃饭，会做西红柿炒鸡蛋给我吃。小曲的床睡起来很舒服，因为她妈妈换床单很勤，又拍打得蓬松，她的家充满了"正常家庭"的温馨气氛，我很喜欢在她的床上睡午觉。

这天醒来，她没睡在我身边，开着音乐，站在窗前轻轻随着节奏摇晃身体。窗外是烈日，有知了在叫，她只穿着内衣裤，长发挽在一侧，手脚被光照得通透，看起来很纯净，很干净，也很脆弱，很虚幻。我在床上安静地看着她，隐隐约约冒出个念头，这就是她这一生中最美的时刻了。

锤子跟我不算熟，但偶尔会跟我混到一起，他跟我和小曲都不是一个班，也不知道是怎么勾搭上小曲的。他也是个满脸堆笑的人，微胖，戴着黑框眼镜，头发用发蜡抓起来，穿着胯裆裤，一身叮叮当当的链子，比我矮半头，平时最爱在女生宿舍楼下转悠，也不干什么，就是转悠。

他是个"一眼望到头"的人，干坏事没种，做好人又违和，就喜欢泡妞，身上很多纹身，都是没有审美的各种前任名字的拼音缩写，太丑了，我看不上这人，所以才刻意保持距离。

后来就在我和朋友们聚在一家奶茶店楼上喝饮料时，他挤过来憨笑，说他把小曲给"办"了，黝黑的胖手，并拢双指做了个往上捅的手势。

所有人围拢上去要他说细节，我有些犯恶心，先走了。

6 也不知道是谁有意为之，在小曲和锤子在一起后，我和她之间就不太来往了，偶尔在学校里遇见，还是会聊两句，但她不会再像以前一样动作自然地缠到我身上来。实际上，她碰触我时的动作也变得尴尬而生硬了许多。

后来又有几次与狐朋狗友聚会时，锤子碰巧也在，从他嘴里听说了一些小曲的事情，她似乎劈腿了好些次，"太他妈恶心了。"锤子又举起他的胖手，夸张地比出一个"O"的手势，"变得这么松。"

所有人笑起来，我不再觉得犯恶心，看着这家街角小店的墙面上被写满的各种脏话，开始幻想我离开这座小城以后的生活。别的城市是什么样子，一定不会像这里一样，总是细细密密又瓢泼地下着雨，一下就是一个礼拜，空气里全是发霉的气味，在许多时间里，视野里一片阴冷的灰色。

真可惜。我想起小曲的画，她是有天赋的，曾经赶上她在画室上课时，我去找她，被她的静物水彩狠狠惊艳了一把。色彩是我的弱项，可是她的画布上炫彩斑斓，她不是好学生，所以只想敷衍了事，但她随手乱涂的颜色，虽然过于鲜亮却又十分和谐，仿佛手动将眼前呆滞于阴影中的静物先是拉动光亮曲线，接着将饱和度调到了最高。

我无数次鼓励她一定要多画画，做出些什么来，我可以帮她寻找接工作的地方，甚至赚些稿费。她只是笑，又流露出痴迷于我的眼神，每当她这么看我，就让我心烦意乱，有些得意，又很唾弃。废物，我在心里骂。

我是一定会离开这里的，小曲不会，她满足于学校和家之间的这一段距离。

自生自灭吧！我在心里咆哮，也不知道自己到底在气什么。

7

小曲再一次和我亲密起来时，已经和锤子分手了。她又像过去一样往我身上缠，我躲开她，即使她不断尝试着继续与我亲密并卑躬屈膝地示好，我也毫不愧疚地骂她，挥手赶她。以前我不耐烦时还会忍一忍，如今对她的态度已经恶劣到好像在对待一条脏兮兮的狗，可是她不在意，还是笑眯眯地贴上来。

她从来就不会生气，至少我没见过，我怀疑她没有愤怒这个情绪。

这世上要论被我说过最多"重话"的人，肯定是她，什么难听的我都骂过，因为我对她还怀着自以为是的"拯救"心。我多么自大，十几岁的孩子，漫画看得太多，以为靠"嘴炮"能感化一切想感化的人，我想他们按照我的心意来生活，多么狂妄。

"那个人不是我男朋友。"小曲指着校门外正在等她的男人告诉我，"我只是跟他睡过一觉而已。"

那个精瘦的男人梳着大背头，皮夹克皮鞋，嘴里叼着烟，时不时抬起手看一眼手表。他跟我平时混在一起的少年人不一样，一看就是社会人，拿工资的人，年龄肯定比我们大一轮。

他给了她五十块钱，小曲和他睡觉就是因为这么简单的原因。

五十块？我当时帮老师给少儿读物画插图，三十五块一张。我们校门口外的凉皮摊子，一块钱一碗。我们学校食堂里的素菜，五毛钱一勺。

8 和那个社会人没有处多久，小曲又正经地谈起了恋爱，这次是和我班上的一个男生。老疤，刚转学过来的，对于小曲在校内的"名声"还未有耳闻，他整个人都老气横秋的，乍看起来和社会人没差，不像个学生。

我对老疤没什么看法，和他也没说过话，用看的就觉得这人城府很深，也是"一眼看到头"的人。他会活得很"套路"，按部就班地工作、结婚、买房买车，生儿育女，果然小曲跟我说，他已经在说毕业之后结婚的事情。

"你才十九岁。"我皱起眉头，"想那么远干吗？"

"也没什么不好啊。"小曲茫然地眨眨眼，"迟早要嫁人的，他对我很好。"

她不曾想过以后的事情，倒是很理所当然地想到了"以后要结婚"，原来如此，我似乎明白了什么，又有些糊涂。

　　小曲看起来和我刚认识的时候已经不太一样了。她胖了，准确说是有些浮肿，脸上多了一些痘痘被抠破后留下的疤，眼神还是那么涣散，却不再是不知该涌向何方的碧波清水，这池水有些浊了，和很多社会人的眼神有些相似，她说话的语气也有些变了，沉了一些，说成熟了也可以，但又还是透着些无知，可又确实有些市井气的成熟。她变化的气质让我犯了糊涂，到底是长大了还是没有，我不是很明白。

　　我们正在阶梯教室上全年级混上的六课，平时我总是枕着她的大腿躲在桌子下面睡觉，今天她也很自然地拍了拍自己的腿，我躺倒后闻到了一种腐烂的气味后立即弹了起来，她莫名其妙地看着我，而我心里乱成一团。虽然我不懂，但我觉得那种气味象征着一些不好的事情，是淫靡的，荒唐的，甚至于脏的。

　　很久以后，长大的我才知道那气味可能意味着她得了性病。

　　那天我从后门溜出去逃课了，从此以后再也没靠近过小曲，远远见了身影就绕路躲开。
　　老疤也没跟小曲走到最后，传说他被一伙男人举着砍刀在路上追过，应该是因为小曲又谈了新的男朋友。

我没等到毕业就跑了，去了北京，小曲的 QQ 头像再也没对着我亮过，直到所有人都用起了微信，我彻底失去了她的联系方式。

9 头几年我都没怎么回老家探亲，在北京混得很差，我连返乡的交通费都舍不得掏，等到经济好转一些的时候，我回家时似乎见到小曲了，这时候我差不多二十五岁，我记不太清楚了，反正是已经懂得很多的年纪。

小曲在我的印象里也终于不再是破碎的，不堪的，我回忆起她来，还是那个在午后轻轻摇晃柔软身体的少女。

那天我陪妈妈去超市买年货，她在挑挑拣拣地对比价格，我抬眼就看见一个很熟悉的身影，应该是小曲，但没有走太近看也不确定，不过这个城市太小了，大型超市用一只手都数得过来，撞见熟人的概率可不低。

那个看起来很像小曲的女人，身边有个看起来是她老公的男人，她推着小车在指挥男人提起一桶食用油。她穿着黑色的裙子，挎着一个小包，脸上的浓妆让她看起来精气神很好，

187 / 小 曲

很艳丽，是个普通男人都会多看两眼的风韵少妇。

直到"小曲"拐去另一个货架，妈妈拉着我离开，说是这家超市卖得太贵了，不如她家楼下的粮油店，我也没想过要去确认，就假设那确实是小曲吧，心里有些满足地跟着我妈走向车站。

在等车时，下起了小雨，雨水"呼呼"地砸着站牌。

曾经小曲因为感冒而发烧，我陪她去一家坐落于社区里的诊所挂吊水，窗外的雨"呼呼"地砸着玻璃，我不耐地一直在抖脚，因为她脸色看起来很不好，我才耐着性子，尽量以温和的口吻劝她打电话给父母，叫他们来陪她。我心里说，这里太无聊了，我坐不住。

小曲也不打电话，好像烧糊涂了似的冲着我"嘿嘿"傻乐，"你是除了我爸妈以外，对我最好的人。"

菲
菲

写给我最好的朋友，她离世于 2008 年 6 月 1 日。

我今天为你写下这一篇。
不是因为害怕自己忘记你。
在我老年痴呆之前，这之前的永远，我不会忘记你。

1 你不漂亮。
在 2004 年，第一次见到你时，这就是我对你的印象。

那时我不知道今后会与你有许多牵绊，所以最初没发觉你的可爱。在那之后，我愈来愈觉得你是多么的可爱，因为太可爱，当我想起你，就会心痛，但已经哭不出来，2008 年那一年，我的眼泪哭干了——

在这世上，我还会遇到如你一样可爱的人吗？

2005 年，我开始疯狂地写作，企图成为职业作家。当时的我太自命不凡，写的全是自我情绪发泄的作品，看起来像毫无头绪的泼墨画，一直投稿，处处碰壁。

这时候我与你关系一般。"我现在在一家杂志社做编辑了。"你亲昵地叫我"琉琉"，对我说，"帮我写稿子吧！"

我觉得你的杂志乱糟糟的，和你的个性一样，像一桶洗过许多颜色的水。

"好荒唐啊，整本杂志就你一个编辑负责组稿。"我皱眉讥讽，你只是笑，缠着我要稿子。

给了你几篇，全发了，我收到的稿费很少，但已是你争取来的最高标准，在那之后，我拿你的杂志当自己的地盘，今天兴起要在上面登张涂鸦，明天又写点杂记，后天突发奇想在上面开起连载。

你都由着我性子。

　　或许是借着你的杂志写熟了，我开始收到知名杂志的约稿——并不觉得有什么不妥地——我转眼就忘了你，专心给人家写稿了。

　　虽然发的小说越来越多，"但再怎么说，我在这圈子里也只是个新人啊，想写长篇，写了又怕没地方发表。"我向你抱怨。

　　"没事，写吧！"你知道你说话的声音有点像"哆啦A梦"吗？"有我呢！"你拍着胸脯保证。

　　是哦，反正有你和你那本小破杂志呢，我干吗发愁？我只管写呗。

　　你啊，就因为你这句话——

　　我是个慢热的人，只有交往了许多年后，我才会把对方让进自己划着"普通朋友"的圈子里，在那条线之后自然还有"熟悉朋友""老朋友""亲密朋友"，但你——就因为你这句话，我没有犹豫地让你住进了我的心。

　　才不是洗过许多颜色的一桶污水呢，你啊，你是一池彩虹。

191 / 菲 菲

3 你第一次恋爱的对象似乎长得挺帅，我没见过，但我猜应该很帅，不然你怎么会那么喜欢他？开口闭口都是他，直到你傻乎乎又甜蜜蜜地把自己交给他。

可是你却不太快乐。

恋爱这回事啊，肯定会有苦涩和辛酸。但我想，大多时候应该是开心的、甜的，不然就不是恋爱，如果没有享受到几近叫人窒息般的幸福感，那怎么会是恋爱呢？

许多理所应当的，他都没有给你，他不爱你。我一个外人，也察觉得到。我多心疼、又愤怒，却对你说不出口，因为你爱他。

那既定的结局来得太快，他离开你了。

你没有哭，我也不过问。

或许你是有哭过——或许你抱着哪个闺蜜哭过一夜，但你绝对没有咒骂过——我可以肯定。我见你受过许多委屈，在公司里也遭小人暗算过，但你从不怒吼从不怨恨。你太好，好到令人发指的地步，使得我都不好意思为你打抱不平，那样显得我好像多阴暗。

你像没事人一样继续和我谈稿子、谈你昨天喝的绿豆粥，还有看了本很幼稚但是很动人的爱情小说。

　　我不追问你，只是忍不住说：喂，你要好好的。

　　屏幕上是你回的一个字：嗯。

　　我能想象你的表情和声音，你大约会先眯起眼，然后睁大眼，嘴巴没有理由地撇了撇，然后耸耸肩，以全无所谓的神态点点头说："嗯。"

　　真是奇怪，无论何时、发生何事，你都是一副无所谓的模样，可我就觉得你是个感情旺盛到把自己当成柴来热烈燃烧的傻妞。智商吧，偏高；情商，绝对为零。

　　你奋不顾身地对人好，那义无反顾的缺心眼样子，实在叫我又想笑又想哭。

　　这么好的你——如果由我来分派命运和爱情——很显然，你，值得最好的。

4 我们谁也料不到，你的第二次恋爱，看起来那么美，却要了你的命。

5 你来找我玩，打开电脑后叫我看视频里的男生。他很清秀，肤色也白，比你年龄小一点，躲躲闪闪的，很害羞的样子。

"就是他。"你捂住话筒不让对方听见，对我说，"我们在交往。"

我觉得很好，真的。

我笑起来，因为你露出的少女神色。又不是学生了，你这个"社会人"呐，笑得那么青涩收敛，好像正在经历一场初恋，仿佛放肆地笑、或动作夸大一些的话，就会把这场爱恋吓跑似的，你有些畏首畏尾了。

你给他取了个不适合男生的小名，汤圆，你一口一个"汤圆"地叫他，开口闭口都是他——让我想起你第一个男朋友，你给他取名叫"肉片"。

我才想起与你之间的话题，怎么也绕不过吃和love story——说到吃，你从不吃高级料理，全是街边小吃；说到爱情故事，那些白痴兮兮的老套小说竟然能把你看哭了——哎哟……

美食和恋爱，你的世界，就是这么简单。

你要的这么少，谁舍得对你吝啬呢？

6没多久，你领他来见我。

这是我第一次见到"汤圆"，是个很好相处的人，你们此时已经交往了一段时间。他比视频里看上去要胖了些，脸上全是笑意，看来你对他真的很好，当然，你笑得比他更灿烂。

说一个小插曲，这件事我从来没对你说过。我现在想起来，嘴角都会控制不住地上扬。

还记得有次我们约在车站见面吗？我是近视眼，但出门时不戴眼镜，你是知道的。当时街上人很多，我没见到你，倒是有一对男女在身边好像麻花般纠缠在一起——这使得我心烦意乱。

最讨厌在大街上卿卿我我、旁若无人的情侣了！

我这样想着时摸出手机拨打你的电话，然后那对情侣中的女生接起来，用我熟悉的懒洋洋的声音说："喂？"然后转过身，看见我，眯起眼叫了声，"琉琉！"

哈哈哈！我在心里笑疯了。

唉，其实我应该早些告诉你的，你一定也会笑起来吧，然后会嗔怪地推我一下。

其实你的视力也不好，我总取笑你趴在电脑前伸长脖子贴在屏幕上的样子好像海龟，错把路人认成我的事更是数不胜数。

我总是叫你去配眼镜，你老推脱，别以为我不知道，你所有的朋友都知道，你挣的钱全花给"汤圆"了，所以我忍不住要骂你，但是我现在好后悔。

我后悔在你死去的那一天，在你还活着的那一天，在你像往常一样和我嘻嘻哈哈的那一天对你说——

你啊你！再不配眼镜的话，到死那天都没看清楚这个世界。

我好后悔。

我还后悔没有对你说更多次，喜欢你。虽然我经常说：喂，我真喜欢你，你是知道的吧？

可是说得不够，远远不够的，你这个世上绝无仅有的"白痴"啊，我喜欢你，真的好喜欢。

现在你看清楚这个世界了吗？还是依旧模糊呢？

无论怎样，在你眼中，它还是那么美吗？

7

"汤圆"是个"人渣"。我现在就是可以这样断定。我以前讨厌他，我现在恨他。

从最初，他就在一点点消耗你的生命。

是什么时候知道的？大约是从我们问及他的工作，而你支支吾吾闪烁其词开始。

他没有工作，日常爱好就是泡在网吧打游戏，家里很穷，是真正意义的穷，只有父亲和一个后妈，全家收入为零，靠低保过活——我现在回忆起来，甚至怀疑他在遇到你之前是没有活过的。

你原本打算瞒着我们，但是你的同事看不下去了，来跟我们这几个你要好的朋友通风报信。他们说："你们为她好，就说说她吧。"

你和"汤圆"交往后，不再参加同事之间的聚会、吃饭、唱歌、逛街，过去你做的一切，女孩子理应享受的一切，你都不再做了。你过去那么快乐，你现在，因为失去了这一切而变得更加快乐——所以爱情，对于你这样的傻女人，是毒。

你把所有的钱都花在他身上。你看他衣服很旧，买新的；你看他吃得不好，一日三顿的饭钱都给他；你看他家里因为拖欠水电费用，漆黑一片死气沉沉，你给交上了；你看他家里的电话被停机，怕自己联系不上他，又替他缴费了——当然，后来你还给他买了手机。

哦，还有游戏，你给他钱买游戏点卡。后来你和他同居了，下了班后就直接去网吧里找他，一个人静静坐在边上看他不停戳着鼠标，玩到天亮。你困了就枕在旁边的沙发上睡一宿，然后直接去上班——这样的日子你扛不住，在他家里买好电脑连上网络，他玩了没几天，嫌网速慢，又重回网吧。

你拿他当举世无双的珍宝。

我再见到他时，这个原本清秀的男生一次比一次变得臃肿起来，他红光满面，用粗壮的胳膊揽着你，而你看他的眼神，好像他更高大了。你发自真心觉得他帅，甚至很认真地和朋友争执过。

傻丫头，那是爱蒙了你的心和眼。

8 最后你每个月发的工资，已经是直接全额交给他保管了。

我还记得，在公园时，迎面走来一个卖花女孩，"汤圆"动作缓慢而大方地从口袋里拿出钱来，买了一束给你。你当时面色不太好，但那束火红还是照亮了你的脸，你拿着玫瑰骄傲地看着我。

白痴，好像那钱是他挣的似的。我的心竟然因为感到好笑而疼得抽搐起来。

其实你最要好的朋友，就是我们，非常在意，在意得不得了——好想叫你和他分手。

但我们除了几次玩笑话之外，从来没当真对你说过。

但在你和他发生第一次剧烈争吵后，我几乎咆哮地冲你吼：分手！马上和他分手！

起因，于我来说是离奇的，使人愤怒的。

你们本来约好第二天去看望他的奶奶，送上五百块钱——当然这钱是你的，但他却已经当成自己的。你说为了安全、怕丢，明天去的时候再从银行取，他却坚持要今天取了放在身上。

我知道情侣之间常常会为些鸡毛蒜皮吵架，但这件事，我第一反应是：他真好意思，好意思理直气壮冲你叫，好意思叫你"搞清楚谁做主！搞清楚！"——直到他叫出"不要蹬鼻子上脸"时，我觉得自己好像一颗蓄谋已久的炸弹被引爆了。

你离家出走，迷茫失措，他隔着电脑通过网络"威胁"

你——当然你或许不觉得那是威胁。我坚持认为你不可以回去他的身边，而且必须马上分手，让他"搞清楚谁做主"，他冲你吼，我也冲你吼。

你当然还是回去找他了，不然怎么会有那样的结局呢？你舍不得他，你怕他气坏了，又怕他饿坏了，你怕他没有你什么也做不了，你是认定了他没了你是不行的。

你真贱。

我当时直言不讳地对你这么说了，我认真的。

可是我懂什么呢？我能懂你多少？你这样豁出一切去爱时，在想什么？我猜你是寂寞的，但只是我猜。我轻笑你，却又为你的勇敢无畏所撼——

我看不起你，却又敬重你。

9　我几乎放弃你了。

只是几乎，我始终，还是不能无视你每况愈下的状态。你的薪水本来就不多，现在还要背负一家人的生活。当我听你说，你拿了两百块给"汤圆"的后妈请她去买菜回来，而她却跟你说钱丢了时，我只是冷笑，再提不起劲来责备你，该说、该劝的，想必你身边的人都做尽了。

你家境并不差，父母难以接受这个男人，你争取了许久，你的爸爸暴怒，而你的妈妈偷偷来看你，给了你一些钱。她说，这就是为你存的嫁妆，如今都给你了，以后没了，再没了，只要你还执意和他在一起。

你用那笔钱改善了"汤圆"家的环境，装上了热水器和空调，买了些家具，但屋子太小，不能买新的床——我想起来就难过，你来我家时总是倒在床上就睡，明明是过来玩的，为什么睡过去了？等你醒了，看我生气的脸，你羞惭地说，好大的床，太舒服了。对啊，你住在汤圆家，和他挤在窄小的单人床上，又或是网吧里的沙发上——你睡得不好，肯定也没有做过几场甜梦。

但，这就是你要的现实，对你来说，很甜吧。

你找朋友借了一圈的钱，说不够花，我虽然心中满腹怨言，还是借了。你看看你身上的衣服，天啦，还是多少年前的那一件，你有多久没有买新装了？你有多久没打扮了？你的头发稀疏了，你的面色多么难看，你好累了，你撑不住，但你还不放弃，还在微笑。

我就知道，你会崩塌，我就知道！我对每个人说，我就知道。

你做了手术，孩子没了。

我想，对于你那摇摇欲坠的身体，这就是最后一击。

你从冰凉的床沿上下来，当天又去上班，因为你的隐瞒，无人知晓，所以，没有人为你端上一碗汤。

10

2008 年发生了一场大地震。

你把 QQ 签名改成了"活下去，和所爱之人"。

11

五月底的那一天，手机在深夜里好像被扭转脖子的生物般发狂惨叫，我翻了个身没有起来接听，次日清晨五点，我毫无预兆地猛然醒转，起身后看见手机上是个陌生电话，便鬼使神差地打开了电脑。登陆 QQ 后，一个并不熟悉的人对我弹出了留言窗口。

她提到你的名字，后面接了两个字：死了。

就这一行小字。

等我反应过来，把这个开恶毒玩笑的人的全家在心里骂了个遍，然后开始心慌，看看日期，不是愚人节。

那之后，我一直哭，一直不停地哭，我哭着从另一个正在哭泣的朋友那里证实了消息，然后继续哭。

原来心脏被活生生挖个口子，是这样的感觉。

我除了哭，不知道还能做什么。

12 细节是在一个月后，终于能颤抖着提起你的名字时，我才一点一滴了解的。

你那天早上在家里昏倒了一次，没有人在意，之后中午你在公司又昏倒了一次。直到那天下午，你的同事察觉你身体有恙，替你请好了假让你早点回去休息，叮嘱着你最好去一趟医院，

结果你在大厅又昏倒了。他们很紧张，打电话给你的男人，叫他来接你，他姗姗来迟，因为在网吧和网络游戏里的朋友刷副本。

你动不了，躺在大厅的沙发上休息，他就在一旁百无聊赖地等着。

同事说当时看你已经是只吸气不吐气的状态了，叫他打急救电话，他不舍得花钱，你也不舍得，平时你感到不适，在床上躺躺就好，这一次，你也这样想。

许久后，你才站起来，你和他决定步行去医院，半路上你又昏倒了，这一次没有醒来。

他终于叫了急救车，来不及了。

医生最后说："这孩子，早几个小时送来还有救。"

他是凶手！他是凶手！如果我有权利，我要判他死刑。

13

让你爱的人去陪你。

这是我为你许下的愿望，最甜、却又最狠。

这是我的愿望，也是我的诅咒——

神啊，让她最爱的人，尽早去她身边吧！

14

2010 年，我梦见你了，穿着一身吉普赛人的衣服，原来你还活着，只不过去做了一名环游世界的马戏团艺人。

你还是老样子，无所谓地笑笑，道歉说："对不起，没有告诉你们。"

我很生气，很用力地扇了你一巴掌，呵斥你怎么可以这样伤我们的心！然后又哭又笑地，抱紧了你，"算了……你回来了就好。"

其实，亲爱的，我们啊，已经忘记了，你的葬礼啊还有你那张愚蠢的遗像啊什么的，都忘了。其实，你只是去远行了。我们明白，你不在这儿了，你在远方。

15 现在是 2011 年，比我年长的你，时间被死神定格，而我已经比你年长了。

我很想你，几乎每一天都会在某个片刻中想起你。

我们终于可以笑着说起你，你这个笨蛋！"如果我成为中年妇女了，就让这个世界毁灭吧！"——这句话是你说的吧？笨蛋！怎么可以和世界对抗呢？哈哈，现在你如愿了，永远都不会成为中年妇女了。

失去了你，我们仍活着。多奇怪，在这世上，有好多人在分分秒秒内死去，但活着的人仍活着，他们要吃饭、要洗澡、要看电影、要睡觉，地球还在运转，世界末日并没有来。

我们正在一天天老去。

有朝一日，在天空之上，再相见时，你就拿你那张年轻的小脸来照耀我们吧。

2011 年，于北京。

后 记

不敌
我爱你

在他人的眼里，我也是有病的，每个人都在冷眼看着他人痴笑癫狂，却不去低头看看，自己也在针尖上跳舞。爱情这个东西，我想要，但也不是非要不可. 我不是很害怕孤独终老，有人笑我说大话，因为我还没有尝过孤独的滋味。

如果说身边有人陪伴就不是孤独，那我确实一直活在人群之中，可是我尝过被厌弃的滋味，我做的噩梦永远都是"被抛弃""迷路了""不知道去哪里"，那么多的人来人往，我孤立其中，没有人看得见我。

我胆小，惜命，自我封闭，从来没有主动去喜欢过谁，因为太害怕被伤害，只有病态迷恋我的人，才会让我试着走出自己的安全区，他们那么激烈地爱我，以生死起誓地缠着我，应该会爱我很久吧？起初我是这么猜测的，后来一再被抛弃，我才意识到急性子的人，热情，灿烂，好像云霄飞车，等不及我这么迟钝的人给出反应。他们大起大落之间，笑完哭过，就已经自行结束了这场戏，剩下我尴尬地留在舞台中央。

那之后我都请求别人爱我少一点，久一点，你可以不用很爱我，比一般多一点，对我来说足够了，如果你要离开我，那我失去的也不会太多，只是比一般多一点而已，我还承受得住。

"你到底爱不爱我？"

"你是不是冷血？"

"你真的好自私。"

"你以为你就没有伤害过我吗？"

——他们都会说类似的话，哪怕是花式"劈腿"后，也怪我，怪我爱得不够，所以他们伤痕累累。

我从来没有提过分手，我是个被动的人，等着别人爱上我，然后等着别人说分手，从头到尾，我做的事情只有轻轻地点头。

好像我谈的恋爱总是有时差，等我爱上对方时，人家已经不爱我了，入戏太慢的人就是这样。烟火爆破那瞬间，所有人都在笑，等天空暗下来，人都散了，我才想起来刚才有多美，却只有余力哭了，因为那么美的时候，我没有抬头，我只顾着盯着脚尖，看我是不是还站在安全的孤岛里。

现在对于动辄"一辈子""永远"的誓言，我已经脱敏了，完全无动于衷。我一天天老去，已经没多少时间去感受永远有多远，我这一辈子剩下的也只有半辈子了。不要再说明天的安排，现在就爱我，立刻，马上，不需要三天三夜的吻，只要对望时会忍不住微笑。不爱我的时候，好聚好散，好自为之，千万不要对我发誓，不要再说未来的事。

现在回想起来，以前我对于爱的定义还是狭隘，所以才会执着于"你选择爱或不爱我，就是生或死"的单选题。我不会再迷信爱情，但我依旧相信爱。我反复地对人说，我见过爱，是爱拯救了我，让我不再是顾影自怜的怪胎。

我不会再要求谁百分百地爱我，百分之七十，五十，都可以。相对地，我也不会把爱百分百地放在一个人身上，因为我还有朋友和家人，我可以给恋人多一些，但不能是全部。你也不要把一切压在我身上，人心易变，万幸不变，也怕天灾人祸，那已经赌上了全部的你和我要怎么面对唯一的失去？

如果我不在了，请你不要崩溃，你还有百分之五十的爱在朋友和家人那里，你还可以继续面对生活，这就是爱的力量。

我可以活下去，仰仗的是爱，不一定是恋人，有人爱我就行，哪怕只有妈妈爱我，也可以支撑我活下去，什么爱都是爱。

爱（情）是唯一，又不是唯一，爱的形式繁如天上的星星，明亮又温热。这世上唯有爱是不伤人的，请你不要害怕，可以赴汤蹈火，但不要孤注一掷。先爱自己，再把多余的爱交付出去，让爱流动，爱会交融，会反馈，如果你受伤了，曾经被你拥抱过的人会来修复你，我会拥抱你。